Buch

Als Rita eines Nachts im Bett liegt, befällt sie eine plötzliche Panik: Sie hat ihren Uterus verloren. Und zwar am Nachmittag in der Einkaufspassage beim Shopping. Sie hatte in einem Schuhladen ein Paar rote Pumps erstanden, und danach war er weg. Wie vom Erdboden verschwunden. Rita kann es kaum fassen und weiß nur noch einen Ausweg: Der verlorene Körperteil muß auf der Stelle wiedergefunden werden. Und so setzt die 31jährige alle Hebel in Bewegung: In Talk-Shows bittet sie den Finder, sich sofort bei ihr zu melden. Und selbst die militante Selbsthilfegruppe »Die unfruchtbaren Gebärmütter« macht mobil, um Rita zu unterstützen. Doch die gesamte Medien- und Frauenpower führt nicht zum gewünschten Erfolg, sondern zu immer neuen Verwicklungen – und zu immer sonderbareren Vorfällen, die offenbar alle in Zusammenhang mit Ritas Schicksal stehen.

Autorin

Laurie Foos, 28, wurde auf Long Island geboren und studierte Creative Writing an der State University in Binghamton und am Brooklyn College. Zu ihren Lieblingsautoren zählen Kafka, Gogol und Beckett. Laurie Foos hat keine Kinder und lebt mit ihrem Mann in Massachusetts.

Laurie Foos

EX UTERO

Roman

Aus dem Amerikanischen
von Brigitte Nicolai

Die Originalausgabe erschien unter dem Titel
»Ex Utero«
bei Coffee House Press, Minneapolis

Umwelthinweis:
Alle bedruckten Materialien dieses Buches
sind chlorfrei und umweltschonend.

Manhattan Bücher erscheinen im Goldmann Verlag,
einem Unternehmen der Verlagsgruppe Bertelsmann

Deutsche Erstausgabe 10/97
Copyright © der Originalausgabe 1995 by Laurie Foos
Copyright © der deutschsprachigen Ausgabe 1997
by Wilhelm Goldmann Verlag, München
Die Nutzung des Labels Manhattan
erfolgt mit freundlicher Genehmigung
des Hans-im-Glück-Verlags, München
Umschlaggestaltung: Design Team München
Umschlagmotiv: Holger Scheibe
Satz: Uhl + Massopust, Aalen
Druck: Graphischer Großbetrieb Pößneck
Verlagsnummer: 54000
Ge · Redaktion: Tina Schreck
Herstellung: Sebastian Strohmaier
Printed in Germany
ISBN 3-442-54000-3

1 3 5 7 9 10 8 6 4 2

Für Michael

- 1 -

Eines Abends im Bett merkt Rita, daß sie ihren Uterus verloren hat. Sie hat keine Ahnung, wann und wo er aus ihr herausgerutscht ist, wie Münzen aus einem prallen Portemonnaie. Vielleicht, überlegt sie, haben ihre zwiespältigen Gefühle in Sachen Kinderkriegen die Gebärmutter schrumpfen lassen, und dann ist sie aus ihr herausgeflutscht wie eine Art Ausfluß, um ihrem nutzlosen Dasein zu entfliehen. Ihr Bauch zieht sich mit einem leeren Gefühl der Unfruchtbarkeit zusammen. Seit sie vom Einkaufen in der Mall zurück ist, spürt sie eine trockene Fäule in ihrem Innern. Vermutlich ist ihre Gebärmutter in der Mall herausgefallen und im Menschengewimmel verloren gegangen, im Gedränge von Buggys vor sich herschiebenden Frauen, deren Füße über Ritas letzte Hoffnung auf die Mutterschaft hinweggetrampelt sind.

Soweit sie sich erinnern kann, hat sie sich in der Mall zum letzten Mal intakt gefühlt. Irgendwo zwischen dem Schuhgeschäft und der Wäscheabteilung eines großen Kaufhauses muß ihr Uterus herausgefallen sein. Sie hatte rote hochhackige Schuhe und einen tiefausgeschnittenen BH gekauft, außerdem eine ganze Reihe blickdichter Strumpfhosen, um für jedes Outfit etwas Passendes zu haben. Offenbar hatte sie bei dem Versuch, eine vielseitig kombinierbare Garderobe zusammenzustellen, ihre Gebärmutter verloren, so wie andere Leute ihre Autoschlüssel oder die Brille verlegen.

»Um Himmels willen, George!« schreit sie und springt aus dem Bett, die Hände vor den Bauch gepreßt. »Mein Uterus ist weg!«

George wälzt sich auf die Seite und schaltet die Deckenlampe an. Er ist die nächtlichen Überfälle seiner hypernervösen Frau gewöhnt. Wenn sie besonders lebhaft geträumt hat, weckt sie ihn häufig und spielt die Traumszenen im Schlafzimmer nach; auch er muß stets einen Part übernehmen. Heute bittet sie ihn, den Retter zu spielen, und reicht ihm eine Taschenlampe für die Suche nach ihrer verlorenen Gebärmutter. »Als ich das letzte Mal nachgesehen habe, war sie noch da«, sagte sie mit einem irritierten Blick auf ihren Unterleib. »Und jetzt könnte sie sonstwo sein.«

Die Gebärmutter sei bestimmt irgendwo in der Wohnung, erklärt George mit einem Unterton von Autorität, der ihm für seine Rolle als Retter angemessen scheint. Sie ist nachlässig, denkt er, doch sie hat eine gewisse Besonnenheit, die er schon immer mochte.

»Ich kann mir beim besten Willen nicht vorstellen, daß du sie in der Mall weggeworfen hast wie einen rostigen Penny«, sagt er mit einer Spur von Bitterkeit. »Sie muß hier in der Wohnung herausgefallen sein.«

Auf allen vieren suchen die beiden unter dem Bett, in den Kleiderschränken, in Ritas Wäschekommode. George tappt sogar ins Badezimmer und inspiziert die Toilette, hebt den Porzellandeckel und rüttelt am Griff. Rita hat keine Ahnung, warum er ihren Uterus so eng mit der Toilette in

Verbindung bringt, findet jedoch, daß man nichts unversucht lassen solle.

Sie gehen in die Küche und nehmen die Speisekammer auseinander, kippen im Kühlschrank Dosen mit verdorbenem Thunfisch um und Gläser mit Grapefruitmarmelade, die einen klebrigen Film auf dem Deckel haben. Rita öffnet einen Eierkarton und durchstöbert selbst den hintersten Winkel des Kühlschranks auf der Suche nach Anhaltspunkten. In ihrer Hast läßt sie ein Ei fallen. Es landet mit einem Patsch auf dem Fußboden, und die leuchtendgelbe Flüssigkeit sickert über die Fliesen.

In diesem Moment bricht sie in Tränen aus.

»Ich weiß genau, daß ich sie noch hatte, bevor ich diese Schuhe gekauft habe«, sagt sie unter Schluchzern und zeigt auf die roten Pumps, die sie an diesem Tag gekauft hat, um George scharf zu machen. Sie denkt daran, wie wundervoll er den Anblick ihrer in die roten Stöckelschuhe gezwängten Füße findet. Wie sie dann einen passenden roten Teddy mit einer herzförmigen Öffnung im Schritt gekauft und sogar in der Umkleidekabine anprobiert hat. George versucht, sie zu trösten, doch sie hört nicht mehr auf zu weinen, während sie das zerbrochene Ei mit den Händen verschmiert.

»Vielleicht hätte ich gleich die Finger davon lassen sollen«, sagt sie. Ihr ist nicht entgangen, daß George keine Erektion bekommt, obwohl er die roten Schuhe direkt vor der Nase hat.

Sie denkt an ihren Tag in der Mall, an die endlosen Reihen glänzender roter Schuhe, an das Problem, sich für ein bestimmtes Paar zu entscheiden, an die Mütter mit ihren Buggys, die Babies, die an den Gurten zerrten. Wie dankbar sie war, nicht eine von denen zu sein, eine Frau mit Windelpaketen, vollgesabberter Bluse und Brüsten, die in keinem BH mehr unterzukriegen waren. Wie konnte man mit einem Baby im Schlepptau auf hohen Absätzen laufen, hatte sie sich gefragt und plötzlich Mitleid für die Mütter in ihren ausgetretenen flachen Schuhen empfunden. Ein bleiernes Gefühl macht sich in ihrem Bauch breit; sie leckt sich die Eireste von den Fingern und weint.

»Wir werden sie schon finden«, sagt George und überredet sie, wieder ins Bett zu gehen und davon zu träumen, wo sie sie verloren hat. Ihre Träume seien doch immer so lebhaft, meint er. Vielleicht würde Rita die Gebärmutter ja irgendwo auf dem Boden der Mall liegen sehen, leicht beschädigt vom Fuß eines gedankenlosen Passanten. »Bestimmt hat sie jemand entdeckt und im Fundbüro abgegeben«, sagt er und breitet die Arme aus wie ein wahrer Retter.

Sie nickt, obwohl sie eigentlich glaubt, daß sie den Uterus wahrscheinlich nie zurückbekommt, selbst wenn eine andere Frau ihn findet. Der Anblick einer gesunden Gebärmutter auf dem Boden einer überfüllten Mall könnte bei einer Frau ganz außergewöhnliche Reaktionen hervorrufen. Rita weiß jetzt, was es heißt, ohne Gebärmutter herumzulaufen, und sie weiß nicht, wozu sie möglicherweise imstande wäre. Sie faltet die Hände über der Leere in ihrer Mitte und überlegt, wie sie ihren Uterus zurückbekommen könnte. Zum ersten Mal, seit sie mit vierzehn ihre Periode bekam, hat sie keine Träume.

Rita wundert sich, wie sie den ganzen Tag in der Mall herumrennen konnte, ohne zu merken, daß sie ihren Uterus verloren hat. Sie hatte beobachtet, wie ein alter Mann vor dem Schuhgeschäft wichste, und beschlossen, die roten Pumps aus dem Schaufenster zu kaufen. Da die roten Schuhe den alten Mann offensichtlich angemacht hatten, hoffte Rita, daß sie auf George dieselbe Wirkung hatten. Doch als sie abends spürte, wie George seinen behaarten Oberschenkel gegen ihren preßte, merkte sie plötzlich, daß sie ihren Uterus verloren hatte.

Wie das geschehen war, stand auf einem anderen Blatt. Wenn er einfach in die Strumpfhose gerutscht wäre, wäre ihr das bestimmt nicht entgangen. Wenn es in der Toilette passiert wäre, hätte sie ihn ins Wasser plumpsen hören. Und wenn er im Auto herausgefallen wäre, hätte sie ihn dort in all seiner Pracht liegen sehen, rosa und voller Hoffnung vor dem Hintergrund des mattblauen Vinyls auf dem Fahrersitz.

Am nächsten Morgen ruft sie die Sicherheitsabteilung der Mall an, um den Vorfall zu melden. George meint, sie solle einfach frank und frei erzählen, was sie noch wisse, und die Tatsachen nicht aus Verlegenheit beschönigen.

»Du hast nur dann eine Chance, sie wiederzubekommen, wenn du nichts verheimlichst«, sagt George, als er ziemlich blaß das Haus verläßt.

Der Mann am anderen Ende der Leitung bittet Rita um eine nähere Beschreibung. Er atmet schwer, es hört sich an wie atmosphärische Störungen. Sie trägt ihren Bademantel und die neuen roten Pumps. Mit einem Kloß im Hals beobachtet sie, wie das leuchtende Weiß ihrer nackten Beine mit den aufregenden Pumps kontrastiert.

»Wie sieht ein Uterus eigentlich aus?« fragt die leise Stimme an ihrem Ohr fasziniert.

Obwohl sie weiß, daß er sie nicht sehen kann, errötet sie und umklammert die Telefonschnur ein wenig fester. Sie überlegt, wie ihr Uterus wohl aussieht, blutleer und ausgezehrt, ein Symbol für den Mangel an Farbe in ihrem Leben. Doch sie stellt ihn sich lieber rosa vor, bis zum Bersten angeschwollen, feucht und schimmernd unter den Lichtern der Mall.

Sie räuspert sich.

»Ich weiß nicht«, antwortet sie. Ihre Stimme ist plötzlich schrill und atemlos. »Ich weiß nur, daß es meiner ist.«

Der Mann holt tief Atem; sie hört die Stimmen der Leute in der Mall. *Wir haben's ja schon immer gesagt,* scheinen sie zu rufen. *Ihr Frauen seid doch alle gleich.*

Der Mann bittet sie um ihre Adresse und eine Kreditkartennummer. Versprechen könne er nichts, sagt er, möglicherweise wäre ein Geschenkgutschein als Entschädigung drin. Vielleicht sollte sie nächstes Mal ein bißchen vorsichtiger sein, fügt er hinzu und legt auf, ehe sie antworten kann.

An diesem Abend fährt sie mit ihren neuen roten Pumps in die Mall und stellt sich ans obere Ende der Rolltreppe. Ein paar Frauen stehen unten, essen Äpfel und tauschen Rezepte aus. Rita beobachtet sie, spürt die schreckliche Leere in ihrer Mitte, die Wärme der Schuhe an ihren Füßen. Auch ihr könntet jederzeit eure Gebärmutter verlieren, würde sie die Frauen am liebsten warnen, überlegt jedoch, daß sie diese Lektion wohl am besten am eigenen Leibe erfahren.

»Hat jemand meinen Uterus gesehen?« ruft sie den Leuten dort unten zu. Sie denkt an das zerbrochene Ei auf dem Küchenfußboden und kämpft mit den Tränen. Ein paar

Frauen tuscheln miteinander und legen stolz die Hände auf ihren Bauch.

»Bin ich froh«, hört sie eine von ihnen sagen, »daß ich nicht in Ihren Schuhen stecke.« Da niemand antwortet, fährt Rita die Rolltreppe hinunter und zieht ihre Taschenlampe heraus. Der Lichtstrahl gleitet voran, als sie sich auf die Suche nach der verlorenen Gebärmutter macht.

Am dritten Tag beginnen die Anrufe. Zweimal versucht George, mit ihr zu schlafen, doch der Gedanke an ihre Gebärmutter, sagt er, die kalt und tot irgendwo in der weiten Welt herumliegt, ruiniere jedesmal seine Erektion.

»Wir müssen sie unbedingt wiederkriegen.« Mehr fällt ihm dazu nicht ein. Sein schlaffer Penis liegt wie ein trauriges Fragezeichen in seiner Hand.

Rita hat aufgemalt, wie sie sich ihren Uterus vorstellt, und entwirft Poster, die überall in der Nachbarschaft aufgehängt werden sollen. Ein kleiner, nierenförmiger Umriß mit einem rosigen Schimmer wie bei gutem Wein. *Finder bitte melden*, schreibt sie in großen Blockbuchstaben. *Eigentümerin verzweifelt.*

An diesem Abend klingelt das Telefon. Sie und George sitzen am Küchentisch, essen Rührei und schweigen sich an. Als Rita mit einem ihrer roten Absätze an Georges nacktem Bein entlangstreicht, erstarrt er. Tapfer kaut sie weiter und versucht, nicht in Tränen auszubrechen.

George nimmt den Hörer beim ersten Klingeln ab.

»Hallo?« sagt er mit vollem Mund, in dessen Winkeln Rühreibrocken kleben. Rita spült ihr Essen mit einem Glas Milch hinunter und wartet.

»Für dich«, sagt er und reicht ihr den Hörer.

Sie hält ihn ans Ohr und wartet, daß der Anrufer etwas sagt. Die roten Schuhe drücken ihren Spann hoch und quetschen ihr die Fersen zusammen.

»Lady«, sagt ein Mann mit dunkler, heiserer Stimme, »was würden Sie sagen, wenn ich Ihren Uterus gefunden hätte?«

Rita wird flau im Magen, und sie verschluckt sich fast am letzten Bissen.

»Ich sage nicht, daß ich ihn habe. Aber was wäre, wenn?«

Sie greift nach Georges Hand, doch der dreht sich um und schrappt den Rest seines Rühreis in den Mülleimer.

»Wenn sie ihn gefunden hätten, würde ich Sie bitten, ihn mir freundlicherweise zurückzugeben«, sagt sie und versucht, sich ihre Nervosität nicht anmerken zu lassen.

Der Mann lacht, ein kehliges Krächzen, das ihr den Atem stocken läßt. George spült die Teller ab. Mit einem Kloß im Hals beobachtet Rita, wie die Eireste in den Abfluß trudeln.

»Also wirklich, Lady«, sagt der Mann. »Haben Sie nichts Besseres auf Lager?«

Er legt auf, bevor sie etwas erwidern kann.

In dieser Nacht versuchen sie und George noch einmal, miteinander zu schlafen. Sie liegt auf dem Rücken und hat die Beine um seine Hüften geschlungen, während er versucht, in sie einzudringen. Obwohl George dagegen war, hat sie darauf bestanden, die roten Pumps zu tragen. Sein schlaffer Penis rutscht immer wieder an ihr ab, die roten Schuhe hängen glänzend in der Luft.

»Es hat keinen Zweck«, sagt er mit einem traurigen Blick auf ihre Füße. »Ich komme einfach nicht rein.«

Er steigt von ihr herunter und greift nach Zeichenblock und Stift. Rita tut so, als würde sie es nicht bemerken. George setzt sich auf den Fußboden und zeichnet Karikaturen ihres mißglückten Liebesakts: einen überdimensionalen Penis, der sich in eine gebärmutterlose Frau zu zwängen versucht. Sie schlenkert mit den Beinen und bemüht sich, nicht an ihren leeren Bauch zu denken.

George zieht gerade die Konturen seines Penis mit einem roten Filzstift nach, als das Telefon klingelt. Rita rennt in die Küche und stolpert bei dem Versuch, den Hörer schon beim ersten Klingeln von der Gabel zu reißen, fast über ihre eigenen Füße.

»Haben Sie meinen Uterus gefunden?« fragt sie, ihre Stimme kaum mehr als ein Flüstern.

Der Mann am anderen Ende der Leitung lacht. Sie steigt aus den roten Pumps und schleudert sie in eine Ecke.

»Was wäre, wenn?« sagt er und legt auf, bevor sie etwas erwidern kann. Noch lange steht sie da und lauscht dem Freizeichen. Der Hörer liegt auf ihrer Schulter. Wie ein Baby, denkt sie.

Eine Woche später fährt Rita in die Mall, um die roten Pumps zurückzubringen. Vielleicht liegt es an ihrer Eitelkeit, daß sie ihren Uterus verloren hat, überlegt sie. Und selbst wenn sie ihre Gebärmutter nicht wiederfindet, bekommt George vielleicht doch wieder eine Erektion, wenn die roten Pumps weg sind.

»Sie sind einfach zu lebendig«, hatte er auf ihre Frage geantwortet, weshalb ihm die Schuhe nicht gefielen, »für jemand, der innerlich so tot ist wie du.«

Mehrere Geschäfte haben ihren Zettel mit der Uteruszeichnung ins Schaufenster gehängt, hier zwischen Kleiderpuppen voller Modeschmuck, dort zwischen gesichtslosen Schaufensterpuppen mit rotem Haar und tiefausgeschnittenen BHs. Sie stellt die roten Pumps auf die Theke und fragt die Verkäuferin, ob jemand den Uterus einer einunddreißigjährigen Frau abgegeben hatte.

»Nicht daß ich wüßte«, sagt die Verkäuferin. Ein angedeutetes Lächeln spielt um ihre Lippen. Rita wird rot; dem Mädchen steht die Fruchtbarkeit nachgerade ins Gesicht geschrieben.

Auf dem Rückweg fällt Rita auf Hände und Knie und tastet die kalten Fliesen ab. Mein Leben ist ganz schön den Bach runtergegangen, denkt sie. Ihre lackierten Fingernägel kratzen über den Fußboden. Gerade, als sie aufgeben will, rast eine Frau mit einem Buggy auf sie zu, und schon rollen die Räder über Ritas Hände.

»Herrgott noch mal, sehen Sie denn nicht, wie tief ich gesunken bin?« schreit sie der Frau hinterher. Doch die hält nicht einmal an. Sie und ihr Baby lachen Rita aus, als der Wagen auf zwei Rädern um die Ecke biegt.

Ein Mann vom Sicherheitsdienst hilft ihr auf die Füße.

»Sie sollten besser aufpassen, Lady«, sagt er mit großen Augen und besorgtem Blick. »In der Mall kann alles mögliche passieren.«

Flüsternd fragt sie ihn nach dem Weg zum nächsten Schuhgeschäft. Nichts würde ihr jetzt so gut tun, erklärt sie, wie ein neues Paar roter Pumps.

Nach weiteren mißglückten Versuchen, miteinander zu schlafen, beschließen Rita und George, auf Sex zu verzichten und sich abends lieber Kultursendungen anzuschauen. Wenn es schon im Bett nicht mehr klappt, sagt George, läßt sich vielleicht bei einer Reihe von Dokumentationen ein wenig Intimität herstellen. Rita macht massenhaft Popcorn und trägt tagtäglich die roten Pumps als Symbol für ihren festen Entschluß, die Suche nicht aufzugeben.

Als George eines Abends eine Sendung über Geburten anschaut, beschließt Rita, drastischere Maßnahmen zu ergreifen. Einer Eingebung folgend, wählt sie eine Service-Nummer, unter der sie eine Suchmeldung aufgibt. Obwohl ihr der Mann am Telefon erklärt, der Service sei für Menschen und nicht für Organe oder Objekte gedacht, sagt er schließlich, sie klinge so verzweifelt, daß er in diesem Falle eine Ausnahme machen wolle.

»Ich habe noch nie eine Frau getroffen, die ihre Gebärmutter verloren hat«, sagt er mit sehnsüchtiger Stimme. »Was ist das für ein Gefühl?«

Sie betrachtet George, der seinen schlaffen Penis streichelt und sich mit Popcorn vollstopft.

»Ich habe das Gefühl, als wäre mein Leben vorbei.«

»Wir werden sie finden«, sagt er ernst. »Dafür sind wir ja da.« Seine Stimme klingt, als kämpfe er mit den Tränen.

Rita legt in dem Moment auf, als bei der Frau auf dem Bildschirm die Geburt einsetzt. Die Vagina öffnet sich, riesig und rot, die Gebärmutter bietet alle Kraft auf, um das Baby freizugeben und in die Welt zu entlassen. George nimmt Ritas Hand und hält sie fest. Keiner sagt ein Wort, als die Frau zu schreien beginnt.

Die Suchmeldung über Ritas Gebärmutter läuft mehrere Wochen. In riesigen roten Buchstaben leuchtet ihr Name auf dem Bildschirm, während unten eine Hotline-Nummer eingeblendet wird.

GEBÄRMUTTER, CA. EINUNDDREISSIG JAHRE ALT, BISHER KEINE SCHWANGERSCHAFT, WURDE ZU-LETZT IN DER MALL IN DER NÄHE VON REYNOLD'S SCHUHGESCHÄFT GESEHEN. VERMUTLICH ROSA UND ETWA SO GROSS WIE EINE MÄNNERFAUST. SACHDIENLICHE HINWEISE BITTE AN DIE NÄCHSTE POLIZEIDIENSTSTELLE.

George nimmt den Spot auf Video auf und spielt ihn stundenlang immer wieder ab. Der Anblick der Suchmeldung auf dem Bildschirm und die Beschreibung der Gebärmutter erregen ihn, behauptet er. Er drückt Rita auf den Fußboden und reibt seinen schlaffen Penis so lange an ihr, bis sie ihn bittet aufzuhören. Später sitzen sie auf dem Boden, essen Popcorn und betrachten das Standbild der Suchmeldung, doch das Telefon klingelt nicht.

Nachdem der Spot mehrmals gelaufen ist, taucht eine Gruppe von Frauen bei Rita auf. Alle sind schwarzgekleidet und tragen Sandalen. Rita öffnet die Tür und fühlt sich befangen in ihren hochhackigen Pumps. Außerdem hat sie einen roten Kopf, weil sie zu dicht vor dem Fernseher gesessen und von ihrem Uterus geträumt hat.

Sie nehmen an Ritas Küchentisch Platz, essen ungesüßten fettarmen Joghurt und erklären, daß sie zu den Unfruchtbaren Gebärmüttern gehören, einer Organisation, die sich für Frauenanliegen einsetzt. Ein so erschütterndes Problem wie Ritas sei ihnen noch nie untergekommen. Rita löffelt ihren Joghurt und sieht, daß George sie vom Wohnzimmer aus mit einer geradezu furchteinflößenden Erektion beobachtet. Sie ist den Tränen nahe.

»Wir sind eine politische Gruppierung«, sagt die Wortführerin, eine Frau mit hohen Wangenknochen und einer Nickelbrille. »Wir können dir einen Live-Auftritt im Fernsehen verschaffen, man wird dich landesweit sehen können.«

George reibt wie wild an seinem erigierten Penis und verdreht vor Vergnügen die Augen. Als Rita die Beine übereinanderschlägt, starren die Frauen ihre roten Pumps an. Rita bemüht sich, Georges Penis nicht anzustarren, und denkt an die Zeit, als sie ihren Uterus noch hatte, an ihre Liebesnächte und das Gefühl, intakt zu sein.

»Ich will nicht berühmt werden«, erwidert sie schüchtern. »Ich will nur meinen Uterus wiederhaben.«

Im Nebenzimmer hört sie George stöhnen, seine keuchenden Atemzüge. Sie läßt den Joghurt auf der Zunge kreisen. Die Frauen verabschieden sich; sie müssen noch andere Termine wahrnehmen, sagen sie, andere Gebärmütter retten.

Auf dem Weg zur Tür flüstert ihr eine der Frauen zu: »Was ist das für ein Gefühl, ein Symbol der Unfruchtbarkeit zu sein?«

Sie weiß keine Antwort. Statt dessen dankt sie den Frauen für ihre Mühe und sagt, sie freue sich schon auf das nächste Treffen. Als sie weg sind, läßt sie sich gegen die Tür sacken. George hechelt. Sie rennt ins Wohnzimmer, um seine Erektion nicht ungenutzt zu lassen. Doch der Penis ist schon wieder geschrumpelt, Georges Hand voller Sperma. Rita legt die Hände auf ihren Bauch und fängt an zu weinen. George nimmt sie in die Arme und entschuldigt sich, weil ihn die Erregung übermannt hat.

»Diese Frauen hatten Gebärmütter«, sagt er mit leiser Stimme. »Ich konnte mich einfach nicht beherrschen.«

Den ganzen Abend starrt Rita den Spot über ihren verlorenen Uterus an. Sie denkt an die Frauen, an ihre Vorliebe für Joghurt und an Georges Erektion. Sie starrt auf den Bildschirm. BISHER KEINE SCHWANGERSCHAFT, steht da, die Wörter leuchten auf dem Fernseher, werden immer größer, bis sie fast das ganze Zimmer ausfüllen.

- 2 -

Harry, ein Wachmann aus der Mall, ißt jeden Morgen vor dem Fernseher sein Cereal. Seit ihm seine Freundin Adele vor drei Monaten mitgeteilt hat, sie könne es nicht mehr ertragen, daß er nachts sein pochendes Glied an sie drücke, hat er mit niemandem mehr geschlafen. Sie habe schon Alpträume wegen seiner Erektionen, sagte sie, und sie könne nicht mehr im steifen Schatten seines Penis leben, der sie permanent verfolge.

»Ich seh ihn in meinen Träumen, und nachts hab ich ihn in mir«, hatte sie erklärt, als sie ihre Habseligkeiten in Plastiktüten verstaute und auszog. »Ich will wieder meine Ruhe haben.«

Harry nimmt sich für sein Frühstück viel Zeit. In der Mall muß er das Mittagessen oft ausfallen lassen, um Frauen zu helfen, deren Buggys sich in der Rolltreppe verhakt haben. Oder er muß alte Männer davon abhalten, vor den Schuhgeschäften zu wichsen. Der Anblick von roten Pumps macht sie verrückt, denkt Harry und läßt Milch in seine Kehle rinnen, die Hand am Reißverschluß.

Er hat den Kabelsender eingeschaltet, als er Ritas Suchmeldung sieht. Seit einigen Wochen schaut er sich nur noch die Werbung auf dem Kabelkanal an, um erotische Stimulation zu vermeiden. Jeder andere Kanal attackiert ihn mit

Reklame für Strumpfhosen, hochhackigen Schuhen oder besonders langen Werbespots für Intimspray. Er wichst nicht gern, und seine Freundin fehlt ihm – eine Tatsache, die sich unübersehbar in der Dauererektion zeigt, die gegen den Reißverschluß seiner Dienstuniform drückt.

GEBÄRMUTTER, CA. EINUNDDREISSIG JAHRE ALT. BISHER KEINE SCHWANGERSCHAFT, WURDE ZULETZT IN DER MALL IN DER NÄHE VON REYNOLD'S SCHUHGESCHÄFT GESEHEN. VERMUTLICH ROSA UND ETWA SO GROSS WIE EINE MÄNNERFAUST. SACHDIENLICHE HINWEISE BITTE AN DIE NÄCHSTE POLIZEIDIENSTSTELLE.

Harry setzt sich so ruckartig auf, daß er sich beinahe an einem Mundvoll Cereal und fetter Milch verschluckt. Als Leiter des Sicherheitsdienstes findet er es empörend, daß er von so einem wichtigen Fall, der sich direkt vor seiner Nase abgespielt hat, nichts erfahren hat. Warum hat man ihn über einen derart schwerwiegenden Verlust nicht informiert? Er zieht den Reißverschluß zu und schleudert die leere Schüssel ins Spülbecken. Wenn er jetzt seinen Dienst antritt, denkt er mit einer Härte, die er schon seit Jahren nicht mehr gespürt hat, dann werden Köpfe rollen.

Vor der Mall hält eine Gruppe von schwarzgekleideten Frauen in Sandalen Plakate hoch und summt leise, bedrückende Melodien. *Mall gefährlich für Frauen*, steht auf einigen Plakaten. *Alarm für Gebärmütter*. Harry setzt seine Dienstmütze auf und geht zu den Frauen hinüber. Schon jetzt merkt er, wie seine Erektion gegen die Hose drückt.

»Wo waren Sie, als die arme Frau ihre Gebärmutter direkt vor Ihrer Nase verloren hat?« schreit ihn eine der Frauen an und fuchtelt mit der geballten Faust vor seinem Gesicht herum.

Harry wird rot; unterwürfig bittet er die Frauen, ihre Protestaktion auf den Parkplatz zu beschränken.

»Hier sind überall Kunden«, fleht er sie an. »Bitte nehmen Sie Rücksicht.«

Harry geht hinein und trommelt alle Kollegen vom Wachdienst zu einer Besprechung zusammen. Wieso hat man ihn über eine derart heikle Angelegenheit nicht informiert, will er wissen und hält die Mütze vor seine Erektion. Die anderen Männer lassen kleinlaut den Kopf hängen und bringen ein paar fadenscheinige Entschuldigungen vor.

»Ehrlich gesagt, Chef«, gesteht einer der jüngeren Männer, »ich habe keine Ahnung, wie eine Gebärmutter aussieht, selbst wenn ich drüber stolpern würde.«

Harry umklammert den Schirm seiner Mütze noch fester. So sehr er sich auch müht, er kann die Suchmeldung nicht vergessen. BISHER KEINE SCHWANGERSCHAFT. Immer wieder geht ihm dieser Satz durch den Kopf. Verwundert stellt er fest, daß er nicht an seine Freundin denkt, sondern sich eine Frau vorstellt, die nur mit roten Pumps bekleidet vor ihm steht.

Ein Wachmann zieht ihn beiseite und legt ihm die Hand auf den Arm. Vor ein paar Wochen habe ihn eine Frau angerufen und behauptet, sie habe ihre Gebärmutter in der Mall verloren, erklärt er. Er habe sich nichts dabei gedacht, fügt er hinzu, wahrscheinlich eine hysterische Frau, der klargeworden ist, daß sie keine Kinder mehr bekommen kann.

»Solche Anrufe sind ja nichts Neues«, sagt er. Verlorene Schlüssel, verlorene Kinder, ein durchgedrehter Ehemann, der verzweifelt seine konsumsüchtige Frau sucht. Vielleicht sei der Job einfach langsam zuviel für Harry.

»Aber eins sag ich Ihnen, Chef«, flüstert ihm der Mann ins Ohr. »Drei Tage lang hatte ich einen Dauerständer.«

Harry funkelt ihn wütend an, spürt, wie seine eigene Erektion gegen die Uniformhose aus Polyester drängt. Es ist ihre Pflicht, die Gebärmutter dieser Frau wiederzufinden. Er stellt sich vor, wie die gebärmutterlose Frau in roten Pumps ziellos in der Mall umherstreift, wie sie ihm morgens Gesellschaft leistet, während er sein Cereal ißt, und wie sie sich gemeinsam die Werbung im Kabelkanal anschauen. Noch nie hat er sich so allein gefühlt.

»Ihr beiden durchsucht alle Damentoiletten, ihr da nehmt euch die Läden mit Umstandsmoden vor, und ich«, sagt er und versucht, nicht allzu sehnsüchtig zu klingen, »halte vor dem Schuhgeschäft Wache.«

Die Männer schwärmen aus, eilen mit Erektionen in der Hose zu ihren jeweiligen Einsatzorten. Harry hetzt zum Schuhgeschäft und postiert sich am Eingang in der Hoffnung, einen Blick auf die Frau zu erhaschen, falls sie auf der Suche nach ihrer Gebärmutter noch einmal in den Laden kommt. Die Verkäuferin nickt ihm zu und bietet ihm ein Glas Wasser an; beim Anblick ihres fruchtbaren Körpers schnürt sich ihm die Kehle zu. Er denkt daran, wie sich die arme Frau gefühlt haben muß, deren Körper jeder Hoffnung beraubt worden war.

»Nein, danke«, sagt er und ist selbst überrascht, daß er mit den Tränen kämpft. So stark hat ihn nichts mehr berührt, seit Adele ihm eröffnet hat, sie könne seine Erektionen nicht mehr ertragen.

Um fünf Uhr steht er immer noch vor dem Schuhgeschäft, obwohl sein Dienst zu Ende ist. Eine Frau in einem weißen Kleid und roten Pumps, das dunkle Haar im Nacken zu einem Knoten geschlungen, nähert sich. Die junge Verkäuferin läßt das Gitter herunter, lächelt die Frau an und verabschiedet sich von Harry.

»Wir machen zu«, sagt sie und schließt das Gitter, ohne ihn anzusehen.

Das Gesicht der Frau verzieht sich gequält, und sie betrachtet sehnsüchtig ein Paar rote, hochhackige Schuhe, die sie sich, wie Harry vermutet, wahrscheinlich nicht leisten kann. Sein Herz schlägt schneller, die Suchmeldung für die verlorene Gebärmutter leuchtet vor ihm auf.

»Sind Sie es?« sagt er und legt die Hand auf ihren Arm. Die Berührung ihres kühlen Körpers läßt ihn erschauern.

Doch die Frau schüttelt den Kopf und zieht verärgert ihren Arm zurück.

»Mein Gott«, sagt sie. »Kann man als Frau heutzutage nicht mal mehr ein paar Schuhe kaufen?«

Mit gesenktem Kopf schleicht Harry durch die Mall. Seine Kollegen berichten ihm mit besorgter Stimme, die Gebärmutter sei noch nicht gefunden worden.

»Aber wir geben nicht auf, Chef«, sagt einer der Männer. »Sie können sich auf uns verlassen.«

Harry nickt und entläßt sie mit einer Handbewegung. Auf dem Weg nach draußen sieht er einen alten Mann vor einem Schuhgeschäft wichsen, doch er hat nicht mehr die Kraft, ihn daran zu hindern.

Rita ist für eine Reihe von Auftritten in Talk-Shows gebucht. Die Unfruchtbaren Gebärmütter haben ihr Versprechen gehalten: Sie haben ihr Termine bei allen großen Sendern verschafft.

»Die Sache muß so schnell wie möglich an die Öffentlichkeit«, erklärt die Leiterin der Gruppe. »Und du wirst unsere Wortführerin sein.«

Als sie George von den geplanten Fernsehauftritten erzählt, kann er seine Verachtung kaum verbergen. Tagelang hängen Schwarzweißzeichnungen seines erigierten Penis am Kühlschrank, die sie daran erinnern sollen, wie es einmal zwischen ihnen war.

»Eine verlorene Gebärmutter geht andere Leute nichts an«, erklärt er ihr am Küchentisch und häuft Eierschalen auf seinen Teller. »Sie hat unser Leben zerstört.«

Später, als George nicht hinschaut, befördert Rita die Eierschalen in den Müll. Während er schläft, reißt sie die Zeichnungen ab und zerknüllt sie. Sie würde ihm gern sagen, daß ihr Leben auch ohne seine Erektionen weitergeht, doch statt dessen schreibt sie ihm einen Zettel:

Lieber George,

ich habe lange über den Verlust Deiner Erektionen nachgedacht. Nach schmerzhaftem Grübeln ist mir klargeworden, daß ich wahrscheinlich ohne sie leben kann. Die Sache mit meiner Gebärmutter ist allerdings eine ganz andere Geschichte. Wenn ich ein Symbol für das Leiden anderer Frauen bin, dann soll es eben so sein. Ich gehe jetzt zur Nodderman Show.

Alles Liebe,
Rita

In der Maske wird Rita von den Produktionsassistenten auf ihren Auftritt vorbereitet. Sagen Sie *Gebärmutter*, schärft man ihr ein, *Uterus* klingt viel zu klinisch. Man hat ein knallrotes Kostüm und eine weiße Bluse für sie ausgesucht, dazu passende rote Pumps. Rod Nodderman, der Gastgeber der Show, drückt sie kurz an sich, bevor sie auf Sendung gehen. Sein weißes Haar kitzelt ihre Wange.

»Ich hab noch nie eine Frau umarmt, die ihre Gebärmutter verloren hat«, kichert er. »Eine ganz neue Erfahrung.«

Im Studio warten bereits ein Team von Gynäkologen, ein Experte für die Wechseljahre und ein berühmter Sextherapeut. Als sie Noddermann mit deutlich hörbarem Flüstern mitteilt, daß Fragen über ihren Ehemann tabu seien, wirft er ihr einen vielsagenden Blick zu. Er bittet sie, die Hände die ganze Zeit auf ihren Bauch zu drücken und sehnsuchtsvoll in die Kamera zu schauen.

»Viele Zuschauerinnen können etwas von Ihnen lernen«,

sagt er. »Lassen Sie diese Frauen nicht den gleichen Fehler machen.«

Zu Hause hebt George die zerknüllten Zeichnungen auf und liest Ritas Zettel. Fast automatisch schaltet er die *Nodderman Show* an und erschrickt bei Ritas Anblick. Ihr bleiches Gesicht steht im starken Kontrast zu dem grellen Rot des Kostüms. Während einer Werbepause klingelt das Telefon. Widerwillig nimmt er den Hörer ab.

»Was ist das für ein Gefühl, mit einem Symbol zusammenzuleben?« fragt ihn ein Mann.

Dann lacht er schallend, und George legt auf, während die ersten Töne der Titelmelodie von Noddermans Sendung aus dem Fernseher plärren.

»Es gibt verschiedene Theorien, warum diese Frau ihre Gebärmutter verloren hat«, erklärt ein Gynäkologe. »Zunächst einmal ist sie verheiratet und kinderlos; der Zwang zum Kinderkriegen, dem die Frauen nun mal ausgesetzt sind, führt oft zu schweren körperlichen Nebenwirkungen«, fährt er fort. »Was sich hier ganz deutlich daran zeigt, daß die Gebärmutter einfach herausfällt und sich weigert, ihre Funktion zu erfüllen. Sie macht sozusagen einfach dicht.«

Rita preßt die Hände fest auf ihren Bauch. Sie denkt an die Frauen in der Mall und die Horden von Babies, als sie die Schuhe anprobierte. Sie hält die Hand hoch, damit die Kamera sie erfaßt. Quer über ihrer Handfläche ist der Reifenabdruck eines Buggys zu sehen.

Nodderman nimmt Ritas Hand. Unwillkürlich versucht sie durch einen raschen Blick festzustellen, ob er vielleicht eine Erektion hat. Doch Nodderman weiß, was sie denkt, und bittet den Kameramann, ihn nur von der Taille aufwärts zu zeigen. Während einer Werbepause streicht er mit den Fingern über den Abdruck auf ihrer Hand.

»Ihr Frauen seid doch alle gleich«, sagt er in einem fast ehrfürchtigen Ton.

Rita hört im Publikum ein Baby weinen. Am liebsten würde sie Nodderman bei den Ohren packen und gleich hier auf der Bühne besteigen, doch mit einem letzten Rest von Selbstbeherrschung reißt sie sich zusammen. Sie spürt, daß er ihre roten Pumps anstarrt. Das Baby schreit immer weiter.

George sieht einen Werbespot für Cheerios – kleine Ringe, durch deren Öffnung Milch quillt. Ein etwa fünfzehnjähriges Mädchen hält einen Löffel in der Hand und läßt ihn in ihren üppigen offenen Mund gleiten. Obwohl er keine Erektion bekommt, kann George nicht mehr aufhören zu masturbieren.

Der Produzent bittet Nodderman in der Pause, das Publikum vorzubereiten. Er kann die Gebärmütter im Publikum geradezu riechen, sagt er mit diabolischem Grinsen. Es liegt eine gewisse Reife in der Luft, die er so noch nie empfunden hat, pflichtet ihm Nodderman bei. Rita riecht ihre eigene Fäulnis.

Als Nodderman gerade nicht hinschaut, zupft sie sich die Strümpfe zurecht und hebt einen Fuß ins Visier der Kamera. Sie läßt den Fuß in der Luft kreisen und flüstert George hinter Noddermans Rücken eine Botschaft zu.

»George, siehst du denn nicht, daß ich meine Gebärmutter verloren habe?« Sie formt die Worte unhörbar mit den Lippen.

Aus dem Publikum dringen Gemurmel und die leisen Sauggeräusche eines Babys, das in der dritten Reihe gestillt wird. Einer der Gynäkologen zeigt anklagend auf Rita.

»Viele Frauen müssen ohne Gebärmutter leben«, sagt er mit vor Wut zitternder Stimme. »Aber Sie haben sie einfach verloren wie einen alten Koffer am Flughafen.«

Die Frauen im Publikum springen auf und recken dem Gynäkologen die Fäuste entgegen. Inzwischen fiebern sie vor Erregung; selbst die Unfruchtbaren Gebärmütter können sie nicht mehr im Schach halten, versuchen jedoch, für Ruhe zu sorgen, indem sie mit den Sandalen auf den Teppichboden stampfen. Eine achtzigjährige Frau in der ersten Reihe wird von starken Hitzewallungen überwältigt, die sie seit dreißig Jahren nicht mehr erlebt hat. Nodderman stürzt mit dem Mikrofon in der Hand auf sie zu, doch sie röchelt nur und greift sich mit der Hand an die Brust wie eine Theaterdiva. In dem verzweifelten Versuch, die Ruhe wiederherzustellen, wendet sich Nodderman an eine schwangere Frau in der letzten Reihe. Rita ringt nach Atem, als die Frau mit bleicher Hand nach dem Mikrofon greift.

»Was bedeutet Ihnen Ihre Gebärmutter?« schreit Nodderman und hält das Mikrofon an ihren dicken Bauch.

Einen kurzen Moment lang hört Rita den Herzschlag des Fötus über die Studiolautsprecher und verschränkt gequält die Füße. Die roten Pumps schnüren ihren Füßen und Knöcheln fast das Blut ab. Sie stellt sich vor, sie könne die Bühne nicht mehr verlassen, weil die roten Pumps am Boden festgeklebt sind. Dann hätte sie keine andere Wahl, als

Nodderman zwischen die Beine zu greifen und um Gnade zu flehen. Sie erinnert sich an die Zeit, als George noch Erektionen bekam, und an ihr Eheleben, aus dem die Luft raus ist.

»Ohne meine Gebärmutter«, sagt die schwangere Frau und schaut Rita mit großen Augen hoffnungsvoll an, »bin ich nichts.«

Die Kamera fährt auf Nodderman; er sitzt am Bühnenrand zur Linken von Rita, deren rote Pumps hinter Noddermans Kopf in der Luft baumeln. Er schnuppert und winkt den Produzenten heran.

»Riecht es hier nicht ein bißchen faulig?« fragt er und fährt sich mit den Fingern durch das dichte, weiße Haar. Der Produzent macht ihm ein Zeichen, daß seine Zeit zu Ende geht.

»Liebe Zuschauer vor den Bildschirmen«, sagt Nodderman, der aufgestanden ist und Ritas Hand hält. »Ich bitte, Sie inständig: Haben Sie Mitleid mit dieser armen Frau. Finden Sie ihre Gebärmutter. Stellen Sie sich vor, Sie steckten in ihren Schuhen.«

Das Publikum rührt sich nicht.

Während des Abspanns bekniet Rita den Kameramann, die Suchmeldung für ihre verschwundene Gebärmutter einzublenden. Noch vor Ende des Abspanns glühen die Telefonleitungen.

»Mit wem spreche ich?« fragt Nodderman, bevor das Signet des Senders erscheint.

Der Mann, der sich nur als Harry, Chef des Wachdienstes der Mall, vorstellt, möchte mit Rita persönlich sprechen, doch der Produzent fordert ihn auf, sein Anliegen öffentlich vorzutragen.

»Wenn sie es hören soll«, sagt der Produzent, »dann kann es auch das amerikanische Volk hören.«

Doch in den letzten Sekunden, bevor der Bildschirm schwarz wird, ist nur ein schweres Atmen zu hören.

Nach der Sendung schüttelt Rita Nodderman die Hand und bedankt sich für seine Gastfreundschaft. Ein kalter Mensch ist er eigentlich nicht, stellt sie fest. Während er mit der schwangeren Frau gesprochen hat, konnte Rita sehen, wie seine Erektion sich gegen die Hose drückte. Diesen Augenblick wird sie nicht so schnell vergessen, sagt sie. Die Zuschauer applaudieren frenetisch, und eine Frau hält ihr Baby zum Gruß hoch.

Nodderman entfernt das Mikrofon von seinem Revers und starrt die roten Pumps an.

»Wir leben nun mal in einer Männerwelt«, sagt er mit einem dümmlichen Grinsen. Rita nickt; sie ist irgendwie gerührt.

Als sie nach Hause kommt, steht George nackt in der Küche, die Füße in ein ausgetretenes Paar hochhackiger Pumps gezwängt. All seine Zeichnungen sind zerknüllt und sorgfältig über den Rand der Papierkörbe drapiert wie Flaggen auf Halbmast. Sie fragt, ob sie ihm Rührei machen soll, doch er streckt ihr eine Plastiktüte entgegen, die mit seinen Klamotten vollgestopft ist. »Du siehst gut aus auf dem Bildschirm«, sagt er. »Sogar ohne Gebärmutter.«

Sie wälzen sich auf dem Fußboden und versuchen verzweifelt, miteinander zu schlafen, doch wieder bekommt

George keine Erektion. Statt dessen liegen sie auf dem Boden und reiben ihre Füße wie wild aneinander, bis die Absätze der Pumps zerschrammt sind und die Farbe blassen Kratzspuren gewichen ist.

- 4 -

Adele vögelt gern mit ihrem Freund Leonard, wenn Talk-Shows laufen. Irgend etwas an dem Hintergrundgemurmel treibt sie unausweichlich zum Orgasmus, sagt sie. Es funktioniert bei vielen Shows, doch die *Noddermans Show* versetzt sie geradezu in Ekstase. Bei bestimmten Sendungen konnte sie nicht mehr anders, als Leonard an den Haaren zu ziehen und um eine Werbepause zu flehen. Es ist vorgekommen, daß sie schon bei den ersten Tönen der Titelmelodie einer Game Show Lustschreie ausgestoßen oder sich auf dem Bett gewunden hat, wenn sich das *Glücksrad* drehte. Doch nur Noddermans weißer Haarschopf bringt ihre Lenden zur Raserei, sagt sie; kein anderer Mann kann ihm da je das Wasser reichen.

Leonard hat nichts gegen Talk-Shows und erschauert sogar bei den Kraftausdrücken, die Adele brüllt, wenn Nodderman etwas besonders Bissiges von sich gibt. Adele ist nicht entgangen, daß Leonard gelegentlich versucht, eine Erektion während der Titelmelodie zu verbergen; sie ist ein wahres Aphrodisiakum. Ihr Exfreund Harry hingegen hat immer darauf bestanden, den Ton abzudrehen und seine Dienstmütze aufzusetzen, die ihr dann den Blick auf den Bildschirm versperrte. Während sie sich liebten, hatte sie ihm oft die Mütze runtergerissen und verzweifelt versucht, den Fernseher ins Visier zu bekommen, doch er hatte ihren Kopf so an sich gedrückt, daß sie die Sendung nicht sehen konnte. Obwohl sie tiefe Zuneigung für Harry empfand, konnte sie ohne den Anblick von Noddermans Haarschopf, der ihr über die schlimmsten Momente hinweghalf, einfach nicht mehr leben.

Sie weiß nicht genau, ob Harry vor allem deshalb so tief verletzt ist, weil sie ihn verlassen hat, oder ob er es nicht mehr ertragen konnte, an den hohen, von Nodderman gesetzten Maßstäben für Männlichkeit gemessen zu werden. Gegen Ende ihrer Beziehung hatte er sie angebettelt, ein Paar roter Pumps zu tragen, die er als Sonderangebot in der Mall gekauft hatte, und den Fernseher ein für allemal auszuschalten. Drei Abende lang trug sie die Schuhe und schwor Nodderman ab, um ihre Beziehung zu retten. Doch allmählich setzte sie den leeren Bildschirm mit der Maßlosigkeit seiner Erektionen gleich. Beim Anblick des Fernsehgerätes ohne die erhabene Präsenz Noddermans, der charmant über den Bildschirm stolziert, mußte sie unwillkürlich an einen riesigen Penis denken, der ihren ganzen Körper auszufüllen drohte. Sie hat Alpträume: Der Schatten seines Penis lauert über ihr an der Zimmerdecke und versucht, in ihren schlafenden Körper einzudringen. Das Leben ohne Nodderman war, als habe sie Tag und Nacht einen Penis in sich. Dieses Opfer wollte sie dann schließlich doch nicht bringen.

Eines Nachmittags vergnügen sich Adele und Leonard bei einem ausgedehnten Vorspiel in den Minuten kurz vor *Noddermans Show*. Adele hat sich für die aufregende Sendung zurechtgemacht: Sie trägt einen enganliegenden schwarzen

Teddy mit einem herzförmigen Ausschnitt zwischen den Beinen, der mit einer knallroten Borte gesäumt ist. Der heutige Gast, sagt der Ansager während einer Werbepause, ist eine Frau, die allem Anschein nach ihre Gebärmutter in einer Mall verloren hat. Adele, die ebenfalls keine Kinder hat, spürt eine Welle von Zuneigung für die Frau, noch ehe sie ihr Gesicht auf dem Bildschirm sieht. Sie und Leonard umarmen und küssen einander mit einer Gier, die sie seit Noddermans Quotenmaschine nicht mehr empfunden haben.

Die Frau betritt die Bühne in roten Pumps und einem passenden Kostüm. Ihr Haar ist im Nacken zu einem Knoten geschlungen, und in ihrem Blick liegt eine solche Leere, daß Adeles Bauch sich vor Mitleid zusammenzieht. Die Frau ist Anfang dreißig und hat jetzt keine Gebärmutter mehr, erklärt Nodderman, woraufhin aus dem Publikum ein leises, trauriges Gemurmel zu hören ist.

Leonard fährt mit seiner Zunge am Rand des roten Herzens entlang. Adele beugt sich vor, um die arme Frau besser sehen zu können und die roten Pumps an ihren Füßen zu begutachten. Sie muß daran denken, wie oft Leonard und sie bei der *Nodderman Show* gevögelt haben, während die arme Frau verzweifelt nach ihrer Gebärmutter gesucht hat. Zum ersten Mal, seit sie die *Nodderman Show* für sich entdeckt hat, verspürt sie eine gewisse Unruhe, ja sogar Schuldgefühle, bei Leonards Zärtlichkeiten.

»Mit wem spreche ich?« fragt Nodderman, als Leonard auf sie steigt und kurz innehält, bevor er in sie einzudringen versucht.

Auf dem Bildschirm sieht man in einer langen Nahaufnahme das Gesicht der Frau, die Augen sehnsüchtig geschlossen, dann schwenkt die Kamera auf das Publikum. Eine Frau in der ersten Reihe trommelt sich protestierend gegen die Brust. Im Hintergrund hört man das leise Geräusch eines saugenden Babys, das an der Brust seiner Mutter liegt.

In diesem Augenblick spürt Adele einen schrecklichen Druck zwischen den Beinen und hört ein klackendes Geräusch, als sei eine Tür ins Schloß gefallen. Die Atemzüge des Anrufers dringen immer lauter aus dem Fernseher.

»Mein Gott«, sagt sie laut, »es ist Harry.«

Leonard stößt immer wieder zu, doch sie spürt nichts. Er kann nicht in sie eindringen, sagt er und umfaßt seinen Penis wie das Heft eines Schwertes. Sie macht die Beine breiter, so daß die Borte an der herzförmigen Öffnung sichtbar wird, doch ihr Körper will Leonard einfach nicht aufnehmen. In der nächsten Werbepause klettern sie aus dem Bett und holen einen Spiegel.

Als Adele sich im Badezimmer den Spiegel zwischen die Beine hält, bleibt ihr fast die Luft weg. Es sieht aus, als sei ihre Vagina verschwunden, sagt sie, als sei sie zugeschnappt wie eine eiserne Falle. Die Hautfalten sind verschwunden, die Öffnung hat sich mit ihrem eigenen Fleisch verschlossen, wie eine Zementplatte über einer Kellertür. Sie bohrt sich die Fingernägel ins Fleisch, doch es gibt keinen Eingang, nicht die geringste Spur der früheren Öffnung.

»Um Himmels willen, Leonard, sie hat einfach die Schotten dichtgemacht«, sagt sie.

Leonard kniet sich vor sie hin und untersucht die Angelegenheit persönlich. Dann nimmt er seinen Penis zu Hilfe, macht Stoßbewegungen mit den Hüften, bis er ins Schwitzen gerät. Adele erhebt sich von der Toilette und rennt ins Schlafzimmer. Noddermans Titelmelodie plärrt aus dem Fernseher, während Leonard mit einer gewaltigen Erektion Adele ins Bett folgt. Er hämmert mit der Faust auf ihre Vagina ein, doch die öffnet sich nicht, nicht einmal während des Abspanns.

Etwas später liegen sie beide keuchend jeweils auf ihrer Seite des Bettes. Wenn Adele die Augen schließt, hört sie Harry atmen und sieht, wie die Frau aus der Show mit ihren roten Pumps vor dem Auge der Kamera herumwedelt. Sie hört das Geräusch zugeschlagener Autotüren, und in den Wohnungen nebenan werden Schlüssel ins Schloß gesteckt. Als sie auf den Kabelkanal umschaltet, stockt ihr fast der Atem.

GEBÄRMUTTER, CA. EINUNDDREISSIG JAHRE ALT, BISHER KEINE SCHWANGERSCHAFT, WURDE ZULETZT IN DER MALL IN DER NÄHE VON REYNOLD'S SCHUHGESCHÄFT GESEHEN. VERMUTLICH ROSA UND ETWA SO GROSS WIE EINE MÄNNERFAUST. SACHDIENLICHE HINWEISE BITTE AN DIE NÄCHSTE POLIZEIDIENSTSTELLE.

Sie denkt an die Schuhe, die Harry ihr in der Mall gekauft hat, an die Frau mit den roten Pumps und die ungeheure Kraft ihrer Geschichte. Wie sie auf dem Rücken lag – Leonard über sie gebeugt, bemüht, ihr nicht die Sicht zu versperren – und dabei das schmerzverzerrte Gesicht der Frau gesehen und Harrys Atem gehört hatte. Und wie sie dann plötzlich das brennende Verlangen nicht mehr spürte, das die Nodderman-Titelmelodie immer in ihr ausgelöst hatte.

»Ihr Frauen seid doch alle gleich«, hört sie Nodderman sagen. Die Frau, die ihre Gebärmutter verloren hat, streckt dem Publikum in einer mitleidheischenden Geste die Hände entgegen.

Nodderman weiß gar nicht, denkt Adele, wie entsetzlich recht er hat.

An diesem Abend fährt Leonard zum Eisenwarenladen, um Hammer und Meißel sowie einen Satz Zangen und einen Bohrer zu kaufen. Kein Grund zur Sorge, sagt er. Schließlich ist er Zimmermann und kann fast alles wieder ins Lot bringen. Adele wandert in ihren abgetragenen roten Pumps weinend in der Wohnung umher, ihre verschlossene Vagina scheuert am Schritt ihrer Hose.

Als Leonard weg ist, macht sie sich zum Trost einen Teller Rührei. Harrys schwere Atemzüge klingen ihr noch in den Ohren, seine tiefen Seufzer lassen Bilder seines Penis in ihr aufsteigen, der Schatten an die Wände des Wohnzimmers wirft. Ein Weilchen sitzt sie am Küchentisch und ißt das Rührei. Aus lauter Verzweiflung schaltet sie sogar den Fernseher aus, doch selbst die Stille geht ihr auf die Nerven.

Als Leonard zurückkommt, ist Adele in einen Teddy aus schwarzer Spitze mit offenem Schritt geschlüpft. Sie sitzt mit gespreizten Beinen auf der Couch, ihre Füße in den roten Pumps baumeln über die Lehnen. Leonard breitet seine Werkzeuge auf den Dielen aus, greift nach einem Bandmaß und notiert sich ein paar Abmessungen. Eine kleine Korrektur links, entschlossenes Meißeln in der Mitte, vielleicht noch eine kleine Bohrung – das reicht wahrscheinlich, sagt er. Er zeichnet ein Diagramm von Adeles Körper auf ein Stück Pappe und hält es hoch, damit sie es sehen kann.

»Wie eine Puppe«, sagt er und deutet auf die glatte Fläche zwischen ihren Beinen, wo vorher die Vagina war. Adele bemerkt, daß eine Erektion seine Hose ausbeult.

Obwohl ihr bei dem Gedanken an den Meißel ein wenig unbehaglich ist, lehnt sie sich bereitwillig zurück, und Leonard macht sich an die Arbeit. Erstaunt beobachtet sie die Präzision seiner Bewegungen, die sorgfältige Handhabung des Meißels und die Geschicklichkeit, mit der er den Hammer führt. Doch sie spürt nichts, während er emsig an ihr herumhämmert. Sie schließt die Augen und denkt an ihre erste Begegnung mit Harry in der Mall. Auf der Suche nach neuen Schuhen fühlte sie sich von einem alten Mann belästigt, der wichste, während sie ein paar Nylonsöckchen überstreifte. Die Verkäuferin hatte so getan, als bemerke sie die wilden Handbewegungen des Mannes nicht, und keinen Ton gesagt, doch Adele hatte wütend die Schuhe auf dem Boden liegenlassen und war auf Strümpfen zum Sicherheitsbüro im Zentrum der Mall gestapft. Dort verdrückte Harry gerade eine Schüssel Cheerios und las Zeitung. Irgend etwas in der Art, wie die Mütze auf seinem Kopf saß, hatte eine Sehnsucht in ihr wachgerufen.

»Ich bin gerade im Schuhladen belästigt worden«, berichtete sie ihm, während er sein Frühstück mit einem Plastiklöffel in sich hineinschaufelte. »Das darf doch wohl nicht wahr sein!«

Harry war ihr unverzüglich zu Hilfe geeilt und quer durch die Mall gerannt, den Löffel in der Hand wie eine Waffe. Er rang mit dem alten Mann, warf ihn zu Boden und rammte ihm ein Paar rote Pumps in die Leiste.

»Lassen Sie sich das eine Lehre sein«, sagte er mit ehrfurchtgebietender Stimme. Adele verschlug es den Atem. Es war Liebe auf den ersten Blick.

Leonard holt den Bohrer aus dem Kasten und trifft Anstalten, mehrere Löcher in die Mitte ihrer verschwundenen Vagina zu bohren. Mit der Selbstsicherheit des geborenen Zimmermanns erklärt er, sie solle sich keine Sorgen machen, er werde sie schon aufkriegen, koste es, was es wolle.

»Wenn sie mich nicht freiwillig reinläßt«, sagt er, spannt die Muskeln an den Oberarmen und greift sich zwischen die Beine, »dann muß ich mir eben gewaltsam Einlaß verschaffen.«

Zwischen ihren Beinen spritzt Fleisch hervor, winzige helle Flöckchen, die ihr um den Kopf wirbeln und dann auf der schwarzen Spitze des im Schritt offenen Teddys landen. Mit Erstaunen stellt sie fest, daß es nicht weh tut, doch sie macht sich schreckliche Sorgen um die Frau aus der *Nodderman Show* und ihre verschwundene Gebärmutter. Wenn sie die Augen schließt, sieht sie das gequälte Gesicht der Frau vor sich, den blassen Reifenabdruck eines durchgegangenen Buggys, der ihren Handrücken verunstaltet hat. Obwohl Adele in Nodderman verliebt ist, gehen ihr die persönlichen Tragödien seiner Gäste normalerweise nicht besonders nahe; gelegentlich fand sie deren Leiden sogar irgendwie stimulierend. Doch diese Frau ist anders, denkt sie, ihr Schicksal hat sie bewegt wie das noch keines anderen Talk-Show-Teilnehmers.

»Um Himmels willen, Leonard«, schreit sie gegen das Dröhnen des Bohrers an. »Wir müssen sie unbedingt wiederkriegen.«

Leonard nickt, setzt eine Schutzbrille auf und stellt den Bohrer auf Höchstgeschwindigkeit. Die Hautflöckchen fliegen überall herum, und Adele sieht, wie seine Erektion gegen den Reißverschluß drückt. Er läßt den Bohrer fallen und wirft sich auf sie, doch es ist, als würde sein Penis gegen eine Mauer stoßen. Nach einigen Minuten zieht er sich zurück, sein geschundenes Glied in der Hand, während Adele überlegt, wo man die abhanden gekommene Gebärmutter wohl finden wird.

In den Abendnachrichten berichtet der Moderator über eine Reihe von Vorfällen, bei denen eine Gebärmutter gesichtet wurde. Er spricht direkt in die Kamera. Der Kameramann ist froh, daß der Schreibtisch die Erektion des Reporters, die zweifellos einen negativen Einfluß auf die Einschaltquote haben würde, verdeckt.

»Eine junge Frau behauptet, sie habe heute eine Gebärmutter in einem Einkaufszentrum in Nashville, Tennessee, gesehen. Angeblich fand sie die Gebärmutter auf dem Fußboden eines Schuhgeschäfts neben einem Paar roter Pumps, Größe 40. Die zuständigen Behörden haben das Objekt untersucht und sind zu dem Ergebnis gekommen, daß es sich bei dem Fundstück der Frau nicht um eine Gebärmutter, sondern um einen verfaulten Schwamm handelt, der einer Hausfrau aus einem der Vororte gehört.«

Die Kamera zeigt jetzt in Großaufnahme einen Mann namens Dr. Randolph Hand, einen berühmten Gynäkologen, der vor allem durch seine Bücher über schmerzlose Geburt bekannt ist. Hinter dem Kopf des Arztes sieht man ein Modell der weiblichen Fortpflanzungsorgane, einen Uterus aus Ton, rechts und links die Eierstöcke in der Größe von Mottenkugeln. Der Gynäkologe räuspert sich.

»Die Chancen, daß die Gebärmutter tatsächlich gefunden wird«, sagt er und rückt seine Brille zurecht, »stehen eins zu fünfhunderttausend. Daß eine Gebärmutter in einer Mall verlorengeht, ist schon mehr als ungewöhnlich, doch erschwerend kommt hinzu, daß die meisten Menschen entweder eine Gebärmutter in all ihrer Pracht gar nicht erkennen würden oder aber das Risiko nicht auf sich nehmen wollen, sie den Behörden auszuhändigen. Und natürlich besteht auch die Möglichkeit, daß sie von einer unfruchtbaren oder in den Wechseljahren befindlichen Frau eingesteckt wurde.«

Jetzt ist wieder der Reporter im Bild, der seinen Schlips zurechtrückt. Hinter ihm sieht man Leute beim Einkaufen in der größten Mall der Vereinigten Staaten. Frauen rasen mit ihren Buggys hektisch durch die Gegend; einige von ihnen haben sich, beladen mit Einkaufstüten, auf Hände und Knie niedergelassen. Überall hört man Kindergeschrei.

Nach weiteren mißglückten Versuchen, in Adele einzudringen, bandagiert Leonard seinen erigierten Penis. Trübselig schleicht er in der Unterhose durch die Wohnung und schaltet den Fernseher mit der Fernbedienung an und aus. Jeden Morgen sitzt er mit seinem Cereal vor dem Kabelsender und wartet auf den Spot über die verlorene Gebärmutter und Berichte über neue Funde. Adele nimmt eine riesige

Pfanne und zehn Eier der Gewichtsklasse 1 und fabriziert das größte Omelett, das ihr je gelungen ist.

»Ich geh mal auf einen Sprung in die Mall«, sagt sie eines Morgens zu Leonard, der seinen Penis mit in Desinfektionsmittel getauchten Wattebällchen betupft. Das Werkzeug ist überall in der Wohnung verstreut, und er schwitzt ununterbrochen. Trotz allem freut sich Adele, daß er so versessen darauf ist, wieder in sie hineinzukommen. Fest entschlossen, sich an der Suche in der Mall zu beteiligen, schlüpft sie in ein Paar rote Pumps.

»Und mich läßt du hier einfach so sitzen?« mault Leonard. Es ist unverkennbar, daß er hinter seiner Schutzbrille weint, obwohl er behauptet, tränende Augen wären eine Berufskrankheit.

Sie steht an der Tür und winkt ihm zu, ihre Schuhe schimmern im Lichtkegel der Deckenlampe. Doch Leonard hält schützend die Hände über seinen Penis wie über ein verwundetes Tier und wendet sich ab. Er holt zwei kleine Holzleisten und bohrt ein Loch nach dem anderen hinein. Sie beobachtet einen Moment lang, wie er über einem der Holzstücke steht. Sein bandagierter Penis ragt zwischen seinen Beinen hervor.

»Und wenn sie nun nie wieder aufgeht?« ruft er ihr über das Dröhnen des Bohrers hinweg zu.

Adele lächelt flüchtig, dreht sich um und verläßt das Haus.

In der Mall sucht Adele fast eine Stunde lang nach einem Parkplatz. Auf allen Parkplätzen stehen schwarzgekleidete Frauen, die Transparente mit der Aufschrift *Unfruchtbare*

Gebärmütter vereinigt euch tragen. Adele hupt und winkt ihnen zu. Schließlich findet sie eine Parklücke neben einem gelbbraunen Kombi, den sie sofort als Harrys Wagen erkennt. Sie spürt, wie ihre verschlossene Vagina ins Schwitzen gerät, als sie aus dem Wagen steigt. Mit Lippenstift schreibt sie »Nodderman« auf die Windschutzscheibe von Harrys Wagen.

Die Mall ist so überfüllt, daß sie kaum durch die Tür kommt. Drinnen findet eine Kundgebung statt, neben der Rolltreppe sind Transparente und Lautsprecher aufgebaut. Im Mittelpunkt der Veranstaltung steht die Frau aus der *Nodderman Show* auf einer Bühne. Auf der Brust trägt sie ein Schild mit der schlichten Aufschrift *Rita*. Frauen und Kinder rennen mit Plastiktüten durch die Mall, werfen Pflanzenkübel um und kriechen auf der Suche nach der Gebärmutter auf dem Boden herum. In einer anderen Ecke steht eine Gruppe von Frauen mit Buggys, die mit einem Staffellauf demonstrieren wollen, wie wichtig ihnen ihre Gebärmütter sind. Adele lehnt sich gegen den Riemenantrieb der Rolltreppe, ihre verschlossene Vagina stößt gegen die Metallritzen, die ihn zusammenhalten. *Ich bin eine von euch*, denkt sie, *obwohl das bis vor kurzem nicht so war.*

In diesem Augenblick entdeckt sie ihn in der Menge; er rückt seinen Schlips zurecht und zieht gierig an seiner Zigarette.

»Nodderman!« schreit jemand, dann rollt eine Woge von Frauen auf ihn zu. Sie zerren an seinem weißen Haar und kreischen vor Vergnügen. Adele bleibt wie angewurzelt neben der Rolltreppe stehen und schnappt nach Luft, doch der Anblick Noddermans in all seiner Herrlichkeit ist einfach zuviel für sie. Sie spürt, wie die verschlossene Vagina zwischen ihren Beinen pulsiert.

»Ach, wieso gerade ich?« seufzt sie, als die Männer vom Sicherheitsdienst mit ihren Uniformmützen nach den Frauen schlagen und die Menge auseinandertreiben. Sekundenlang steht Nodderman ganz allein, und Adele denkt: *Wenn Sie nur wollten, könnte ich Ihnen was Gutes tun.* Doch er sieht sie nicht an, sondern spricht mit den Leuten von der Maske und der Garderobe, die ihn scharenweise umringen, sein feines, weißes Haar mit Drahtbürsten bearbeiten und seine Brille geraderücken. Sie sieht, wie die Frau namens Rita von einem Wachmann weggetragen wird, ihre roten Pumps baumeln in der Luft. Angestrengt versucht sie zu erkennen, ob es Harry ist, doch der Mann hat sich die Mütze ins Gesicht gezogen und geht schnell davon.

Das Wall Street Journal *berichtet von einem rätselhaften Anstieg der Verkaufszahlen bei hochhackigen Schuhen. Ein erfahrener Wirtschaftsexperte führt diese Veränderung auf das zunehmende Interesse der Frauen an ihren Füßen zurück. »Die Zeiten, in denen Schwangere barfuß gingen«, sagt er, »sind längst vorüber.« Andere Fachleute beobachten mit Verblüffung den plötzlichen Wechsel von Turnschuhen zu Pumps. Vielleicht haben die Frauen inzwischen weniger Angst vor entzündeten Ballen als früher, meint einer der Experten. Und sie alle sind sich darüber einig, daß eine Farbe alle anderen ausgestochen hat – rot.*

- 5 -

In der Mall schärft Harry seinen Leuten ein, wie wichtig die Sicherheitsmaßnahmen während Noddermans Anwesenheit sind. Es käme schließlich nicht jeden Tag vor, daß eine so bedeutende Persönlichkeit ihrer bescheidenen Mall die Ehre eines Besuchs erwiese. Die Frauen würden bestimmt völlig aus dem Häuschen geraten.

»Und vor allem eins, Männer«, sagt Harry und knallt die Hacken militärisch zusammen, »laßt Nodderman keine Sekunde aus den Augen.«

Harry steht an der Rolltreppe, als die Frau auftaucht. Sie sieht viel besser aus als im Fernsehen. Auf dem trüben Bild seines alten Schwarzweißgeräts von Sony hatte er die zarte Blässe ihrer Haut nicht erkennen können. Sie trägt ein rotes Kostüm und passende rote Pumps, die offenbar, denkt Harry, inzwischen zu ihrem Markenzeichen geworden sind. Ihr mitleiderregender Gesichtsausdruck läßt ein Feuer in seine Lenden schießen, das er noch nie zuvor gespürt hat, und einen Augenblick lang verschlägt es ihm den Atem.

»*Wenn Sie nur wollten*«, japst er im Flüsterton, »*könnte ich Ihnen was Gutes tun.*«

Als sie kurz in seine Richtung schaut, glaubt er einen Moment lang, sie sehe ihn an, und sein Herz hämmert wie wild. Er spürt, wie sich seine Polyesterhose über den Lenden

47

spannt, die Zähne des Reißverschlusses pieksen ihm ins Fleisch. Die Dienstmütze sitzt zentnerschwer auf seinem Kopf, seine Kehle ist wie ausgedörrt. Wenn er jetzt bloß eine Schüssel Cheerios hätte, denkt er, würde er vielleicht wagen, sie anzusprechen.

»Nodderman«, hört er eine Frau kreischen, und dann stürzt sich die ganze Meute auf den Star. Die Frauen tauchen auf wie aus dem Nichts, stürzen mit roten Pumps und passenden Handtaschen auf Nodderman zu und versuchen mit ihren manikürten Händen in seinen Schopf zu greifen. Harry läuft auf die Frau mit der verschwundenen Gebärmutter zu, schlägt die anderen Frauen mit der Mütze aus dem Weg. Er sieht ihre furchtsame Miene, die vor Nervosität verkrampften Finger. Die Suchmeldung schießt ihm durch den Kopf, seine eigene Stimme sagt immer wieder: *Bisher keine Schwangerschaft, bisher keine Schwangerschaft.*

»Laßt sie in Ruhe«, will er schreien, bringt aber nur ein Flüstern heraus. Eine der beiden Frauen entreißt ihm die Mütze und schlägt ihm damit ins Gesicht.

»Sie ist mehr als eine Gebärmutter«, sagt die Frau mit vor Empörung verengten Augen. »Darüber solltet ihr Männer mal nachdenken.«

Die Frau wirft seine Mütze auf den Boden und versetzt ihr mit ihrem roten hochhackigen Schuh einen kräftigen Tritt. Er sieht, wie Rita von einem seiner Männer weggetragen wird, ihre roten Pumps vollführen kleine rudernde Bewegungen, wie beim Schwimmen. Bei ihrer wilden Jagd auf Nodderman stolpern die Frauen immer wieder über seine Mütze. Als Harry sich schließlich auf alle viere niederläßt, um sie aufzuheben, muß er feststellen, daß das Kopfteil seinen Glanz eingebüßt hat und die steife Krempe inzwischen schlapp und verknautscht ist. Mit der Mütze in der Hand sitzt er auf dem Fußboden der Mall und hört sich das Geschrei der Frauen an.

»He, Harry«, sagt eine von ihnen. »Sieht fast so aus, als hättest du deine Mütze verloren.«

Er will wissen, wer ihn angesprochen hat, und dreht sich um. Die ramponierte Mütze liegt schwer in seiner Hand. In einiger Entfernung entdeckt er Adele, die die Rolltreppe hinauffährt und ihm zuwinkt. Kein freundliches Winken, denkt er später, sondern ein Winken, das ein Ende, eine Zurückweisung signalisiert. Selbst als er sie nicht mehr sehen kann, hört er immer noch, wie sie ihn auslacht, ein schrilles, mädchenhaftes Gelächter. Auf dem Weg zurück in sein Büro stellt er fest, daß er keine Erektion mehr hat.

Nach dem Auftritt in der *Nodderman Show* hat sich ihr ganzes Leben verändert, überlegt Rita eines Nachmittags. Seitdem haben alle möglichen Leute sie mit Briefen bombardiert – mitfühlende Frauen, die jahrelange Behandlungen wegen Unfruchtbarkeit hinter sich haben, vorpubertäre Mädchen, die die Möglichkeit zur Fortpflanzung sowohl erschreckt als auch fasziniert, und Frauen in den Wechseljahren, die um ihre verdorrenden Gebärmütter trauern. Jeden Nachmittag sieht Rita sich die *Nodderman Show* an und öffnet ihre Post. George schleppt die Briefe säckeweise für sie herein, schüttet sie auf den Fußboden des Wohnzimmers aus und hält die ganze Zeit eine Hand über seinen schlaffen Penis.

»Schon wieder ein ganzer Stapel für dich«, sagt George und schiebt ihr die Briefe vor die Füße. »Während ich mich abmühe, meine Männlichkeit unter Kontrolle zu kriegen.«

Sie nickt George mitfühlend zu und wendet sich den Briefen zu. Der Fernseher läuft ununterbrochen, denn es könnte ja jederzeit eine neue Kurzmeldung kommen, daß jemand ihre Gebärmutter gesehen hat. Oder ein Werbespot für die nächste *Nodderman Show*. Sie weiß, daß die ganze Angelegenheit George arg mitgenommen hat und daß er sich nach der Zeit zurücksehnt, als sie noch voller Leben war, mit intakter Gebärmutter, als sie ihre Zeit mit Einkaufen, der Suche nach dem perfekten Outfit und den dazu passenden Schuhen verbrachte. Wenn sie nach besonders erfolgreichen Einkaufstagen heimgekommen war, hatten sie sich oft leidenschaftlich auf dem Fußboden geliebt, mitten zwischen den achtlos fallengelassenen Einkaufstüten. Aber diese Rita gibt es jetzt nicht mehr, denkt sie, statt dessen ist sie ein Sprachrohr ihrer Generation geworden. Sie beobachtet, wie George seinen schlaffen Penis massiert, und denkt, daß sie eigentlich in eine recht sonderbare Position geraten ist.

Liebe Rita,
als ich Sie heute bei Nodderman gesehen habe, hat es mir fast das Herz gebrochen. Da saßen Sie mit Ihren hochhackigen roten Schuhen ohne Gebärmutter, und hier sitze ich mit meinen drei kreischenden Gören und einem arbeitslosen Mann. Wenn Ihre Gebärmutter nicht bald wieder auftaucht, wäre ich bereit, Ihnen meinen ältesten Sohn Francis abzutreten. Er ist zwölf und ein aufgeweckter Junge. Ich denke, er würde sich schnell bei Ihnen einleben.

Herzlichst,
ein Nodderman-Fan

Rita wischt sich mit dem Handrücken die Tränen ab. Sie feuert ihre Pumps in die Ecke und macht es sich auf dem Sofa bequem. Aus den Augenwinkeln sieht sie eine der Schwarzweißskizzen, die George vom Verfall seines Penis gemacht hat – das einst prachtvolle Glied ist inzwischen zu einem mageren Strich mit dem Kohlestift verkümmert.

> Liebe R,
> Sie leben jetzt ohne Gebärmutter? Willkommen
> im Club.
>
> > gez.
> > *Mrs. Menopause*

Sie reißt den Brief einer anderen Frau auf, die anstelle des Absenders einen Lippenstift-Kußmund hinterlassen hat.

> Liebe Frau aus der Nodderman Show,
> in einer Mall ist man nie sicher. Als ich Sie bei Nodderman gesehen habe, mußte ich schrecklich weinen. Ich bin schon sieben Jahre kinderlos und habe alle erdenklichen Therapien ausprobiert. Falls Ihre Gebärmutter bald wieder auftaucht, könnte ich sie vielleicht ausleihen? Meine Adresse steht auf dem Umschlag. Ich werde für Sie beten.
> > Mit freundlichen Grüßen
> > *eine Leidensgenossin*

Es sei in ihrem eigenen Interesse, haben die Unfruchtbaren Gebärmütter geraten, auf jeden Brief kurz zu reagieren. Um Zeit zu sparen, hat sie ein Antwortschreiben entworfen, das fast universell anwendbar ist. Voller Hilfsbereitschaft hat George Kopien davon gemacht. Als Ehemann könne er ja fast nichts mehr für sie tun, sagt er, deshalb sei es geradezu ein Vergnügen, für sie am Kopiergerät zu stehen. Sie steckt die Kopien des Antwortschreibens in Umschläge und legt noch einen rosagetönten Bogen mit der Suchmeldung für ihre verschwundene Gebärmutter bei.

> Liebe Mitfühlende,
> vielen Dank für Ihre freundlichen Zeilen. Ich zähle auf Menschen wie Sie, die Augen und Ohren offenhalten. Ohne Sie wäre meine Gebärmutter mit Sicherheit verloren.
>
> Gruß und Kuß
> *Rita*

Sie öffnet gerade den letzten Umschlag ihrer Post, als ein Werbespot für Cheerios gesendet wird. Sie hatte sich nie besonders viel aus Cereal gemacht, doch seit ihrem Auftritt in der Mall kann sie gar nicht genug davon bekommen. Den ganzen Tag lang verdrückt sie eine Schüssel nach der anderen, und die kalte Milch hilft ihr, den Schmerz über die Leere zu lindern, die ihre verlorene Gebärmutter hinterlassen hat.

Hastig öffnet sie den Brief, während das junge Mädchen auf dem Bildschirm sich einen Löffel Milch nach dem anderen in den Mund schiebt. »George«, ruft sie, »bring mir doch bitte noch eine Schüssel.«

Da sie das Flimmern der Cheerios-Werbung ablenkt, hält sie den Brief hoch, um die ordentliche Handschrift besser lesen zu können. »Liebe Frau R«, steht dort in Druckbuchstaben. »Wenn Sie nur wollten, könnte ich Ihnen was Gutes tun.«

Als George ihr die Cheerios bringt, ist Rita in Tränen ausgebrochen und kann nicht mehr aufhören zu weinen.

An diesem Abend, als Rita gerade wieder eine Schüssel Cheerios verdrückt, ruft Nodderman an. George wendet kurz den Kopf in Richtung Telefon, als wolle er sagen, daß für ihn sowieso niemand mehr anruft, da er wegen ihrer verschwundenen Gebärmutter in den Augen der Öffentlichkeit unmännlich geworden ist. Kein Mensch ruft an, um ihm sein Mitgefühl auszusprechen, beklagt er sich, obwohl seine Erektionen der Vergangenheit angehören.

»Du hast zwar deine Gebärmutter verloren«, sagt er und hält sich die gewölbte Hand mit einer demonstrativ schützenden Geste vor den Schritt. »Aber ich habe offenbar meinen Lebenswillen verloren.«

Rita bietet ihm ihre Cheerios an und rennt zum Telefon. Es ist jedoch unübersehbar, daß George nicht die geringste Lust auf Cheerios hat.

»Hallo?« fragt sie mit vollem Mund, aber sie weiß bereits, daß er es ist. Sie hört seine Atemzüge, langsam und ruhig wie die eines Talk-Show-Gastgebers.

»Hallo, mit wem spreche ich?« fragt er, dann kichert er unkontrolliert.

Sie schlägt den *TV Guide* auf und entdeckt ein Foto von Nodderman und sich auf der Seite mit den Einschaltquoten. Noddermans Einschaltquoten sind wegen ihrer entsetzlichen Geschichte in die Höhe geschnellt, heißt es in dem Artikel. Prüfend betrachtet sie das Foto, die Konturen ihrer roten Pumps, den gequälten Gesichtsausdruck, der unter den Augen und um den Mund herum Falten eingegraben hat. *Das also kommt dabei raus, wenn man seine Gebärmutter verliert*, denkt sie, den zischelnden Atem Noddermans am Ohr.

»Sie müssen unbedingt noch einmal auftreten«, sagt er in einem Ton tiefer Besorgnis. »Die Frauen wollen Blut fließen sehen.«

Er hält einen Augenblick inne, als sei ihm gerade die Zweideutigkeit seines Satzes bewußt geworden, das Bild des Menstruationsflusses, das seine Formulierung heraufbeschwört. Sie läßt ihren Löffel in den Cheerios kreisen und denkt an den Brief ohne Unterschrift und die akkurate Handschrift. Wieviel Gutes könnte ihr ein Mann tun, denkt sie, wenn er nur wollte.

»Ich würde alles tun, um meine Gebärmutter wiederzukriegen«, sagt sie mit unbeabsichtigter Schärfe. »Mein Leben gehört mir nicht mehr.«

Sie läßt den Hörer auf ihrer Schulter liegen, auf dem Bildschirm flimmern atmosphärische Störungen. Trotz des verschwommenen Bildes kann sie den Schimmer von Noddermans Haar ausmachen. Wie wenig Tröstliches es doch zur Zeit in ihrem Leben gibt, denkt sie, lauscht dem Freizeichen und starrt auf Noddermans Haar, das ihr aus dem Dunst des Bildschirms entgegenleuchtet.

Eines Nachts, als sie versucht, auf dem Sofa zu schlafen, kommt George zu ihr. Das Fernsehgerät ist eingeschaltet und wirft in der Dunkelheit ein unheimliches Licht auf ihren Körper. In der einen Hand hält sie den an Mrs. R. adressierten Brief, mit der anderen umklammert sie die aktuelle Ausgabe des *TV Guide*. Blinzelnd schaut sie sich um. George kniet am Fußende und versucht, ihr die roten Pumps auszuziehen.

»George, merkst du denn nicht, daß die Schuhe das einzige sind, was ich noch habe?« Sie versucht, ihre Schluchzer mit dem Handrücken zu ersticken.

Ehe sie ihn daran hindern kann, hat er sich über ihre nackten Füße hergemacht, reibt seinen schlaffen Penis an ihren weißen Zehen. Sie lehnt den Kopf auf das Sofa zurück und versucht, ihm ihre Füße zu entziehen, doch er packt ihre Knöchel und hält sie fest wie ein Schraubstock. Ein paar Minuten später hört sie ein tiefes kehliges Stöhnen, Schweißperlen tropfen auf ihre Füße. Beschämt legt er seinen Kopf auf ihre bloßen Füße, sein Schamhaar kringelt sich um seinen funktionsgestörten Penis.

»Da siehst du, wie weit du mich gebracht hast«, sagt er und deutet auf die Spermapfütze neben den Absätzen ihrer Pumps. Er steht auf, ohne sie anzusehen, als würden ihre Füße ihm nichts mehr bedeuten, als wäre sie ohne Gebärmutter nicht mehr der Mensch, den er einmal kannte, als hätte sie sich in eine Frau verwandelt, die sich von Kopf bis Fuß seinen Wünschen verweigert.

»Ach, George, was hast du nur getan?« fragt sie und beißt sich auf die Unterlippe. Zum ersten Mal seit Wochen spürt sie wieder die qualvolle Leere in ihrer Mitte, so stechend wie am ersten Tag, als sie ihre Gebärmutter in der Mall verloren hat. Sie hört, wie George in der Küche schmatzend eine Schüssel Cheerios verdrückt und seine Penis-Zeichnungen durchstreicht. Nur Nodderman kann uns jetzt noch retten, denkt sie und hebt ihre geschändeten Schuhe auf.

7

Rod Nodderman ist allein in seinem Schlafzimmer, als er einen Anruf von seinem Produzenten erhält. Rod sieht sich eine Aufzeichnung seiner Sendung mit der Frau an, die in einer Mall ihre Gebärmutter verloren hat – eine Kuriosität, die, glaubt Rod, bisher noch nie im Fernsehen zu sehen war. Bei der Einstellung, wo er der Frau zu Füßen sitzt, während ihre roten Pumps hinter seinem Kopf in der Luft baumeln, drückt er auf die Pausentaste der Fernbedienung. Für diese Aufnahme könnte der Kameramann einen Preis bekommen.

»Hallo?« sagt er ins Telefon und beobachtet, wie die flirrenden Linien des Standbildes Muster um die Umrisse seines glänzenden weißen Haares zeichnen. Er muß sich eingestehen, daß an den Haarspitzen ein leichter Gelbstich zu sehen ist, und überlegt, ob er vielleicht das Rauchen aufgeben sollte, um den alten Glanz zurückzugewinnen.

Der Produzent spricht so schnell, daß Rod kaum verstehen kann, was der Mann will. Offenbar habe die ganze Welt die Schotten dichtgemacht, sagt er, die Vagina einer Frau habe sich während einer Sendung von selbst geschlossen. Rod ist verärgert, weil ihn der Produzent während seiner ganz privaten Fernsehzeit gestört hat – Zeit, die ihm nur abends zur Verfügung steht, wenn er sich abgeschminkt und eine Kurpackung auf sein feines weißes Haar geschmiert hat –, und hört nur mit halbem Ohr zu.

»Rod«, sagt der Produzent mit tiefer, gebieterischer Stimme. »Die Sache nimmt langsam epidemische Ausmaße an.«

Nodderman drückt wieder die Pausentaste und beobachtet, wie die Zuschauer sich aus Mitgefühl für die Notlage der gebärmutterlosen Frau die Hände an die Brust schlagen. Für diese Worte hat er gebetet, denkt er, auch wenn er sie nie bewußt formuliert hat, nicht einmal bei Privatvorführungen. Epidemische (oder waren es epische?) Ausmaße; eine Exklusivsendung. Er spürt ein Spannen in den Lenden, während er im Dunkeln sitzt und sich von seinem eigenen Gesicht im Fernsehen verzaubern läßt.

»Menschenskind, Bob«, sagt er und setzt die Brille auf, um das Bild besser sehen zu können. »Los, buch sie für die Show.«

Er legt auf. Ihm ist klar, daß der Produzent nicht die geringste Chance hatte, ihm die ganze Geschichte zu erzählen, wann, wo, wie und warum die Vagina dieser Frau die Schotten dichtgemacht hat. Doch gerade diese Ungewißheit fasziniert ihn, der Hauch des Geheimnisvollen, den er seinem Publikum bieten kann. *Erzähl nie die ganze Geschichte* – das hat er Insidern schon immer gesagt. Kein Mensch ist an Fakten interessiert.

8

Nach mehreren gescheiterten Versuchen, Adeles Vagina aufzubohren, schaltet Leonard den Fernseher ein. Adele liegt mit gespreizten Beinen auf dem Sofa, winzige Fleischfetzen bedecken den Fußboden wie Aschehäufchen. Sie schauen sich die Nachrichten an, essen Erdnüsse und schweigen. *Was gibt's noch zu sagen*, denkt Adele, *wenn man seine Weiblichkeit verloren hat?*

Der Reporter interviewt einen Privatdetektiv, der als Experte für das Wiederauffinden verschwundener Körperteile gilt. Einmal hat er den Finger eines Mannes im Vorgarten des Nachbargrundstücks entdeckt, den das Opfer bei einem bizarren Rasenmäherunfall verloren hatte; ein anderes Mal hat er die Reste eines Gebisses aufgespürt, das sich bei einer Achterbahnfahrt selbständig gemacht hatte.

»Ich rate dieser Frau, die Hoffnung nicht aufzugeben«, sagt der Mann und schaut direkt in die Kamera. »Es gibt viele Menschen, die mit ihr fühlen.«

Adele betrachtet Leonard, der mit gekreuzten Beinen auf dem Sofa sitzt und an seiner Nagelhaut kaut. Er wendet sich ihr zu, hält seinen lädierten Hammer hoch und bedenkt sie mit einem Blick, den Adele nur als herzzerreißend bezeichnen kann. Er schmeißt den Hammer auf den Boden und hält beide Hände über seinen verwundeten Penis. Dann bricht er in Tränen aus, seine Schultern beben, und er kann nicht mehr aufhören zu weinen.

Adele tätschelt ihm die Schultern und betrachtet ihre geschlechtslose Anatomie. Sie denkt an die Männer, die in ihr waren – ein Schauspieler namens Bob, der ihr gern das Haar zu Zöpfen flocht und dabei schlüpfrige Lieder sang, an Harry und seine Dienstmütze, an Leonard und ihre *Nodderman*-Marathons. Hat sie die Männer je hineingebeten, überlegt sie, oder haben sie ihren Körper einfach als ihr rechtmäßiges Zuhause betrachtet? Das heißt natürlich nicht, daß sie etwas gegen Sex hat, denkt sie, doch seit sie die Frau im Fernsehen gesehen hat, die zwischen Tausenden von Passanten ihre Gebärmutter verloren hat, ist die Erhaltung ihres eigenen Körpers ein wichtiges Thema geworden. Immer wieder denkt sie an den Ausdruck puren Mitleids in Noddermans Augen – ein Mann, der ihrer Meinung nach nicht leicht zu erschüttern ist –, und an das heftige Mitgefühl, das sie selbst empfunden hatte. Sie hat oft genug gesehen, wie Frauen mit ihren Buggys und schweren Windelpaketen durch die Mall stolziert sind; während sie nachmittags mit ihrem Freund schlief, stillten andere Frauen ihre Kinder oder sahen sich Seifenopern an. All diese Frauen mit Kindern und Vaginas haben etwas, denkt sie, irgend etwas, wonach sie sich sehnt und vor dem sie doch Angst hat.

»Ich muß Nodderman anrufen«, sagt sie zu Leonard und fährt ihm mit der Hand durchs Haar. »Er ist unsere einzige Hoffnung.«

Sie geht zum Telefon und wählt Noddermans gebührenfreie Nummer. Während sie dem Klingeln lauscht, spürt sie, wie ihr Herz pocht und ihr das Blut in den Kopf steigt. Wird er abnehmen? Wird sie endlich seine Stimme hören? Statt dessen bittet eine Mitarbeiterin des Senders Adele, ihr Anliegen in weniger als dreihundert Worten vorzubringen.

»Stellen Sie sich vor, Sie wären in der Schule«, sagt die Frau. »Nodderman hatte schon immer eine Schwäche für Aufsätze.«

Sie muß die Muschel mit der Hand abdecken, damit Leonards Schluchzen nicht zu hören ist.

»Ich bin ein Sonderfall«, sagt sie, die Stimme kaum lauter als ein Flüstern. »Meine Vagina hat die Schotten dichtgemacht.«

Sie hört, wie die Frau am anderen Ende der Leitung nach Luft schnappt, dann klickt eine Tastatur, die ihren Anruf aufzeichnet. In der anderen Zimmerecke schnappt Leonard sich den Hammer und traktiert damit seinen blutverschmierten Unterleib. Adele hört schweres Atmen am anderen Ende der Leitung, als wäre die Frau ebenfalls den Tränen nahe.

»Es ist nicht zu fassen«, sagt die Mitarbeiterin. »Bei den Frauen von heute muß man ja wirklich mit allem rechnen.«

Sie dankt Adele für den Anruf, erklärt jedoch, daß Nodderman nach eigenem Gutdünken entscheidet, wer in die Sendung kommt. Er lege allergrößten Wert auf Details, fügt sie hinzu, und man könne nie vorhersehen, welche spezielle Notlage ihn gerade interessiere.

»Im Augenblick ist er ganz versessen auf Gebärmütter«, sagt sie. »Doch wenn Sie ihm einen Aufsatz schicken, beschäftigt er sich vielleicht eingehender mit Ihrem Anliegen.«

Adele legt auf und dreht sich zu Leonard um. Er hat sich zu einer Kugel auf dem Boden zusammengerollt, beide Hände über seinem verletzten Penis. Der Hammer liegt neben seinen Füßen, die Dielen sind blutbespritzt. Adele versucht, nicht hinzuhören, doch sein schrilles Winseln hallt durch die ganze Wohnung.

Lieber Rod,
jahrelang habe ich davon geträumt, Ihnen einen Brief zu schreiben.
Und jetzt tue ich das unter recht sonderbaren Umständen. Ihre Show hat auf mich einen ungeheuren Eindruck gemacht – genauer gesagt, einen so starken Eindruck, daß meine Vagina sich während Ihrer Sendung über die gebärmutterlose Frau geschlossen hat. Ich weiß, daß Sie sich im Augenblick vor allem für Gebärmütter interessieren und daß Vaginas eine völlig andere Geschichte sind, doch ich glaube, daß mein Mitgefühl für die arme gebärmutterlose Frau mein Problem verursacht hat. Sie sind der Mann, der mich wieder aufmachen kann.
Auf Vorschlag Ihrer Mitarbeiterin lege ich einen Aufsatz für Sie bei. Es sind zwar nicht ganz dreihundert Wörter, doch ich bitte Sie um Verständnis dafür, daß es schwierig ist, über ein solches Thema zu schreiben. Bitte retten Sie mich.

In Liebe,
Adele

Ein Aufsatz von Adele
für Rod

Meine Vagina hat sich eines Tages geschlossen, als
ich mit meinem Freund schlief und mir dabei im
Fernsehen die *Nodderman Show* ansah. Der Gast in
dieser Sendung war eine Frau namens Rita, die in
der Mall ihre Gebärmutter verloren hatte. Ich
kaufe auch dort ein; ich bin mal eine Weile mit
dem Chef des Sicherheitsdienstes gegangen. Als
ich ihr Gesicht in der Sendung sah, mußte ich an
all die Möglichkeiten denken, die ich früher hatte,
und an die Tatsache, daß der einzige Mann, den
ich jemals in mir haben wollte (obwohl es inzwischen viele gewesen sind), der König der Talk-
Shows ist, Mr. Rod Nodderman.
An diesem Tag hat mein Körper wahrscheinlich
endlich das getan, was meinem Kopf nicht gelungen war: Meine Vagina hat sich im selben Augenblick geschlossen, als Nodderman den Werbeblock ankündigte.

Adele steckt den Brief noch am selben Tag in den Kasten.
Den ganzen Nachmittag sitzt sie vor dem Fernseher und
wartet auf einen Rückruf von Nodderman und weitere
Nachrichten über Leute, die die Gebärmutter gesehen
haben. Sie ist so sehr mit ihrem eigenen Elend beschäftigt,
daß sie nicht bemerkt, wie Leonard Löcher in Äpfel bohrt
und versucht, seinen Penis hineinzuschieben. Erst als ein

Apfel in zwei Hälften zerspringt und auf dem Sofa landet, überlegt sie, was die Männer wohl tun würden, wenn sie niemanden wie Rita oder sie herumkommandieren könnten.

KURZMELDUNG: GEBÄRMUTTER AUF
BASEBALL-FELD GESICHTET
BATTER VERWECHSELT UTERUS MIT BALL
ASSOCIATED PRESS, LYNCHFIELD, FLORIDA.

Eine örtliche Softball-Liga hat berichtet, daß während des regionalen Entscheidungsspiels eine Gebärmutter gesichtet wurde. Calvin Wood, der Pitcher der Kings, behauptete, ihm sei ein großes rosa Objekt zugeworfen worden, das er fälschlicherweise für den Softball der Mannschaft gehalten habe.

»Der Batter befand sich am zweiten Mal und rannte grade auf das dritte zu, als Chuck (der erste Baseman) mir das Ding zuwarf«, sagte Wood in einem Exklusivinterview. »Es landete direkt in meinem Handschuh, als gehörte es dorthin. Ich wollte es gerade Irv, dem dritten Baseman, zuwerfen, als mir auffiel, daß es rosa war. In diesem Augenblick begriff ich, daß wir mit einer Gebärmutter spielten.«

Später erklärten die Behörden, bei dem Objekt habe es sich nicht um eine Gebärmutter, sondern um einen großen Wasserballon gehandelt, den ein Mann zum Spaß auf das Feld geworfen hatte. Als Rod Nodderman, der Mann, der als erster die Geschichte über die inzwischen berühmt gewordene verschwundene Gebärmutter gebracht hatte, um einen Kommentar gebeten wurde, sagte er nur: »Auf einem Softballfeld hat eine Gebärmutter nichts verloren, egal, unter welchen Umständen.«

Wenn die roten Pumps Größe 40 nicht mehr auf Lager sind, muß Marty sich um den Nachschub kümmern. Er kann machen, was er will, sie haben nie genug. Mehrere hundertmal am Tag trabt er ins Lager und wieder zurück in den Verkaufsraum, wo die Kundinnen immer wieder das gleiche verlangen, ein Paar Schuhe »genau wie das von der Frau im Fernsehen, die ihre Gebärmutter verloren hat und bitte möglichst in Größe 40«. Selbst die korpulentesten Frauen bestehen darauf, ihre Mammutfüße in Größe 40 zu quetschen, und er muß mit einem Schuhlöffel Hilfestellung leisten oder aufgeplatzte Nähte mit Abdeckband zusammenkleben. Der Gesichtsausdruck der Frauen jedoch ist jeden Penny seines Hungerlohns wert. Mit roten Pumps an den Füßen beginnt selbst die langweiligste Frau zu strahlen. Infolgedessen läuft Marty mit einer Dauererektion herum.

An diesem speziellen Aspekt seiner Arbeit findet seine Freundin Sarah anfangs großes Vergnügen, aber schon bald hat sie die Nase voll. Sie weigert sich, rote Pumps zu tragen, auch wenn er noch so viele Paare nach Hause schleppt. In einer Ecke der Wohnung stapeln sie sich still in ihren Schachteln, das weiße Seidenpapier quillt duftig unter den Deckeln hervor. Im Dämmerlicht der frühen Abendstunden sehen die Schuhe aus wie Jungfrauen, denkt Marty, obwohl er es nicht wagt, Sarah das zu erzählen.

In den Wochen, seit die Frau mit der verschwundenen Gebärmutter zum ersten Mal in der *Nodderman Show* aufgetreten ist, hat sich in Martys Leben vieles verändert. Sarah trägt inzwischen lange schwarze Gewänder, Sandalen und zitiert aus der Satzung einer Frauengruppe, die sich ›Die Unfruchtbaren Gebärmütter‹ nennt. Während er wie ein Weltmeister hochhackige rote Schuhe verkauft, schreibt sie täglich Hunderte von Briefen an die *Nodderman Show* und an die örtlichen Behörden. Wenn er abends seinen erigierten Penis gegen ihren weichen Schenkel preßt, schaltet sie eine Aufzeichnung der *Nodderman Show* ein und wickelt sich fest in ihre Decke.

»Das sollte euch Männern wirklich leid tun«, sagt sie und beißt sich auf die Unterlippe. Doch so sehr Marty sich auch bemüht, er hat nicht das geringste Schuldgefühl.

Vielleicht liegt es an seinen Problemen mit Sarah, überlegt er, daß er im Schuhgeschäft lüsterne Blicke auf die Füße der Frauen wirft. Dabei hält er stets Ausschau nach Harry, dem Leiter des Wachdienstes der Mall, von dem es heißt, er kenne kein Erbarmen mit Männern, die eine Vorliebe für Frauenfüße haben. Schon zweimal hat er beobachtet, wie Harry alte Männer, die vor dem Schuhgeschäft gewichst haben, mit seiner Dienstmütze geschlagen hat. Obwohl Marty nie mit Harry gesprochen, sondern ihm lediglich durch das Schaufenster zugenickt hat, ist er davon überzeugt, daß Harry und er aus demselben Holz geschnitzt sind.

Vielleicht haben ihn aber auch die Medien mit der Flut von Meldungen über Gebärmütter zu dieser unstillbaren

Gier getrieben. Jeden Abend gibt es Berichte über Leute, die irgendwo in der Umgebung die Gebärmutter gesehen haben wollen, jeden Abend wird ein neues Schaubild der weiblichen Geschlechtsorgane in Vergrößerung gezeigt, damit einem kein Detail entgeht. Inzwischen muß ein Mann, der sich nach der Arbeit ins Auto setzt, befürchten, er könnte auf dem Heimweg eine Gebärmutter überfahren, überlegt er. Das Leben hat ein paar überraschende Wendungen genommen.

Er taxiert gerade die Schuhgröße einer Achtzigjährigen, als er sie hinter der Glasscheibe entdeckt. Sie beugt sich vor, trägt enge Blue Jeans und hochhackige rote Pumps, die sie offensichtlich in einem anderen Geschäft gekauft hat. Die alte Frau schaut gierig auf sein letztes Paar in Größe 40 und schnappt keuchend nach Luft.

»Junger Mann«, sagt sie und wedelt mit ihren krampfaderbedeckten Füßen vor seiner Nase herum. »Die Wünsche bleiben lebendig, selbst in meinem Alter.«

Er nickt der alten Frau zu und nimmt ihren schrumpligen Fuß in die Hände. Der Fuß krümmt sich zu einer Kugel; er muß kräftig nachhelfen, damit der Schuh paßt. Die ganze Zeit über beobachtet ihn die Frau mit den engen Jeans, den Oberkörper leicht vorgebeugt, als wolle sie ihm damit etwas zeigen. Als er seinen Blick von ihrer Taille zum Schritt hinuntergleiten läßt, stellt er mit Erstaunen fest, daß dort keine der Wölbungen und Falten zu sehen ist, die Frauen normalerweise haben. Verblüfft bemerkt er, daß ihre Jeans vollkommen glatt sind, zwischen ihren Beinen ist nicht die kleinste Unebenheit zu entdecken. Wie bei einer Puppe.

Die alte Frau steht auf und stakst mit wackligen Schritten

zum Spiegel. Mit beiden Händen zieht sie ihre Nylonknie-strümpfe hoch. Sie dreht die Knöchel nach rechts und links. Als die Frau vor dem Fenster eine applaudierende Geste macht, strahlt die alte Dame, und die Falten in ihrem Gesicht scheinen sich durch ihr Lächeln zu glätten.

»Wenn die Schuhe passen«, ruft die Frau vor dem Fenster ihr zu.

Später muß Marty sich im Lager verstecken, um wieder zu Atem zu kommen. Wenn er die Augen schließt, sieht er immer noch die Makellosigkeit ihrer Jeans vor sich. Dicke Schweißperlen tropfen ihm vom Gesicht. Überall riecht es nach Füßen. Noch nie hat sein Herz so heftig geschlagen. Der Anblick einer Frau in faltenlosen Jeans ist einfach unerträglich schön.

Er hat erwartet, daß sich das Gefühl nach ein paar Tagen verflüchtigt, doch es bleibt mit unveränderter Intensität. Wenn er nachts schweißgebadet aufwacht, erzählt er Sarah, er sei einfach mit den Nerven runter und käme bei der Arbeit nicht mehr zur Ruhe, seit alle Frauen so wild auf rote Pumps seien. Sie lächelt triumphierend und sagt, das sei erst der Anfang der Leidenszeit, die die Männer vor sich hätten, und eine Welt ohne Gebärmütter sei die Hölle auf Erden, sogar für Männer.

»Schlag dir das aus dem Kopf«, sagt sie und versetzt seinem erigierten Penis einen Klaps mit dem Handrücken.

Er kämpft mit den Tränen, doch später denkt er, daß nicht der Klaps ihm weh getan hat, sondern die Frau in der Mall, die mit ihren roten Pumps und ihrem glatten Körper vor dem Schaufenster stand.

Im Laden entschuldigt er sich für seine Verspätung; er kann das Lager nicht schnell genug aufstocken, um die große Nachfrage nach roten Pumps Größe 40 zu befriedigen. Die Kundinnen schimpfen über seine Geistesabwesenheit und sagen, es sei seine Pflicht, ihnen die Schuhe zu besorgen, denn die Gebärmutter sei schließlich in genau dieser Mall verschwunden.

»Das sind Sie uns schuldig«, fordern sie mit geballten Fäusten. »Unsere Füße sind jetzt alles, was wir haben.«

In den Pausen schleicht er sich zum Büro des Wachdienstes und beobachtet, wie Harry Cereal ißt und in einer umständlichen, schnörkeligen Handschrift Briefe schreibt. An eine Plastikpalme gelehnt, tut Marty so, als betrachte er die Frauen, die auf allen vieren umherkriechen, weil sie die Suche nach der verschwundenen Gebärmutter nicht aufgeben wollen. Doch Harry scheint nichts zu bemerken; er schaltet sein tragbares Fernsehgerät ein und schreibt einen Brief nach dem anderen mit demselben Wortlaut.

Liebe Frau R,
Wenn Sie nur wollten, könnte ich Ihnen was Gutes tun.
Wenn Sie nur wollten. Könnte ich was Gutes tun.
Ich bin gut. Sie müssen nur wollen.

In Liebe,
Harry

Marty weiß selbst nicht genau, was er eigentlich von Harry will, doch er spürt instinktiv, daß er von Harry etwas über Frauen lernen kann. Er hat gesehen, mit welchem Respekt andere Männer Harry begegnen, wie tapfer sich Harry an dem Tag geschlagen hat, als Nodderman auftauchte, und wie Harry jeden Abend, kurz bevor die Mall schließt, vor dem Schuhgeschäft herumsteht. Wenn er doch nur einmal in Harrys Schreibtisch spähen, einen kleinen Einblick in sein Leben haben könnte, überlegt Marty, dann würde er vielleicht den Mut finden, nach der Frau seiner Träume zu suchen, die vor dem Schuhgeschäft gestanden hat.

Als er nach Hause kommt, erwartet ihn Sarah an der Wohnungstür, alle ihre Klamotten sind ordentlich in Plastiktüten verstaut. Auf seine Frage, wo sie hin will, erwidert sie nur, daß es viele Frauen gebe, die sie brauchten, und daß dies der Beginn einer schweren Leidenszeit für die Männer sei.

»Ihr Männer werdet den Preis für eine Welt ohne Gebärmütter bezahlen müssen«, sagt sie und klackt mit ihren Absätzen gegen die Tür. »Da können euch auch ganze Berge von roten Pumps nicht helfen.«

Später überlegt er, was er ihr alles hätte sagen können – daß ihre gemeinsamen Monate ihm etwas bedeuten (obwohl er nicht genau weiß, was), daß ihre Briefe an Rod Nodderman ihn gerührt haben, daß er froh ist, die Katastrophe um die verschwundene Gebärmutter mit ihr gemeinsam durchgestanden zu haben, daß es gut war, sie in dieser Zeit an seiner Seite zu haben. Solche Sachen, hat er sich sagen lassen, hören Frauen gern; solche Sachen, hat er gelernt, muß man sagen. Doch sie hat recht, denkt er, als er an der Türschwelle kniet und einen zerrissenen Brief an Nodderman befingert. In einer Welt ohne Gebärmütter reichen solche Sachen einfach nicht mehr aus.

- 10 -

Lucy hat Gynäkologen immer schon gehaßt, und seit die Medien einen solchen Rummel um verschwundene Gebärmütter veranstalten, ist ihre Angst noch größer geworden. Jahrelang hat sie sich gesagt, daß regelmäßige gynäkologische Untersuchungen zum Leben einer emanzipierten Frau gehören, doch in letzter Zeit hat sie gemerkt, daß sie dafür keinen großen Enthusiasmus mehr aufbringen kann.

»Selbst wenn wir treu und brav zur Krebsvorsorge gehen«, sagt sie laut vor sich hin, »ist das noch lange keine Garantie. Also können wir gleich darauf pfeifen und unsere Körper verfaulen lassen.«

In letzter Zeit neigt sie immer mehr zu dieser Ansicht. Ihr Körper, auf den sie einmal so stolz gewesen ist, sträubt sich allmählich gegen die anstrengenden Aerobic-Übungen, und ihr Muskelrelaxans verschafft ihr auch nicht mehr den gleichen Kick wie früher. Es macht ihr kaum noch Spaß, wenn der Schweiß an der engen Gymnastikhose herunterrinnt, und wenn sie nach einem harten Tag im Fitneßstudio ein paar Motrin schluckt, bleibt die alte Hochstimmung aus. Immer häufiger ertappt sie sich dabei, wie sie mit einem Kloß im Hals durch die Mall trottet, während andere Frauen ihre Buggys vor sich her schieben und rote Pumps kaufen. In letzter Zeit hat sie sich nachmittags oft krankgemeldet, hat die Arbeit am Bankschalter liegenlassen und ist nach Hause gegangen, um die *Nodderman Show* nicht zu verpassen. Und wenn sie abends mit ihrem Hund spazierengeht, läuft sie manchmal dicht hinter ihm her und läßt sich dort, wo er geschnüffelt hat, auf alle viere nieder.

Lucy war mit einer ganzen Reihe von Sexualpartnern zusammen, um die schwermütige Stimmung abzuschütteln, unter der sie leidet, seit sie vom Verschwinden der Gebärmutter gehört hat. Der erste war Ken, der Geschäftsführer des nahegelegenen Fast-Food-Restaurants, dann folgte eine Reihe von Bankkunden, die häufiger in die Filiale kamen (alles emsige Sparer). Sie klammerte sich an die Rücken der Männer und sagte in Gedanken immer wieder ihre Kontonummern auf, um das schreckliche Bild einer Gebärmutter loszuwerden, die steifgefroren auf ihrer Badezimmermatte lag. Selbst wenn sie die Beine gespreizt und die Fingernägel in die Rücken ihrer Liebhaber gegraben hatte, kam es ihr vor, als schwebe sie über dem Bett, als sei ihr Körper schwerelos und am Geschlechtsakt nicht recht beteiligt. Dann schloß sie die Augen und versuchte angestrengt, vor Lust zu vergehen, diese phantastischen Empfindungen zu haben, mit denen andere Frauen so gern in Talk-Shows prahlten.

Sie gab sich selbst Regieanweisungen: »Schrei, als ob es aus deinem tiefsten Innern käme.«

Es kam ihr vor, als betrachte sie sich in einem Heimvideo. Sie sah, wie sie sich auf dem Bett wand, hörte, wie sie kehlige Laute von sich gab, doch es wollte sich einfach kein Gefühl einstellen. Auch wenn sie sich noch so sehr bemühte – in jedem Augenblick war ihr bewußt, wie sehr sie sich anstrengte, etwas zu fühlen, sich nach Leidenschaft sehnte.

Während die Männer in ihrem Bett sich abmühten und schwitzten, schloß sie die Augen und dachte daran, daß ihre Gebärmutter die ganze Zeit herumgeschubst wurde und wie leicht sie herausfallen konnte.

Eine Zeitlang hatte Sex sie zerstreuen können, doch jetzt findet sie nur noch Trost, wenn sie sich nachmittags die *Nodderman Show* ansieht und dabei den Rücken ihres Hundes streichelt. Das leise Stöhnen des Tieres übertönt das Summen des Fernsehers – ein Symbol ihrer tiefen Traurigkeit, denkt sie.

Als sie beim Gynäkologen eintrifft, ist die Praxis rappelvoll. An den Wänden hängen Plakate mit Anweisungen, wie man den Verlust der Gebärmutter verhindert und dafür sorgt, daß die Vagina offen und gesund bleibt.

Setzen Sie sich nie auf eine öffentliche Toilette, heißt es da zum Beispiel. *Kreuzen Sie die Beine, wann immer Sie können. Gebären Sie nur im äußersten Notfall.* Auf dem größten Plakat steht in riesigen Blockbuchstaben: SEHEN SIE SICH DIE NODDERMAN SHOW AN.

Sie notiert sich einige dieser Anweisungen, nimmt neben einer Topfpflanze Platz und lauscht dem wütenden Getuschel der anderen Frauen. *Man kann sich auf gar nichts mehr verlassen*, sagen sie und umklammern ihren Bauch mit den Händen. *Selbst emanzipierte Frauen sind nicht mehr sicher.*

Lucy blättert in ein paar Fitneßzeitschriften für Frauen und tut so, als höre sie nicht zu, doch sie kann sich nicht aufs Lesen konzentrieren. Eine Frau erzählt von einem Artikel, den sie in einer Morgenzeitung gelesen hat. Es sieht so aus, sagt sie, als habe das Leiden der Frauen inzwischen auch die

Vagina erfaßt. Es habe sich eine Frau gemeldet, deren Vagina sich während der *Nodderman Show* verschlossen habe.

»Wenn sie nicht an unsere Gebärmutter rankommen«, sagt die Frau mit wütend zusammengekniffenen Augen, »dann versuchen sie es da, wo wir am lebendigsten sind.«

Lucy schießt die Röte in die Wangen. Sie überlegt, wie die Frau sich wohl gefühlt haben mag, als sie plötzlich auf diese Art verschlossen war. Vielleicht ist es so ähnlich, als spiele man in einem Heimvideo mit, mit dem man eigentlich nichts zu tun hat. Als würden die Kameras laufen, aber nichts passiert. Lucy weiß nur zu gut, was das für ein Gefühl ist. Selbst wenn der Hund nachts an ihrer Tür kratzt und jault, berührt sie das nicht mehr so wie früher. Sie betrachtet ihre Hände und denkt darüber nach, welche Wende ihr Leben genommen hat. Sie findet nur noch Trost in Talk-Shows und hat Nodderman zu ihrem Ersatzliebhaber gemacht. Vielleicht wäre mit ihm alles anders, vielleicht würde sie wieder etwas empfinden. Doch das bezweifelt sie. Selbst mit Nodderman wäre Sex inzwischen nicht aufregender als ein Mondscheinspaziergang mit ihrem Hund, denkt sie mit einem Kloß im Hals.

Als die Sprechstundenhilfe sie schließlich aufruft, ist Lucy den Tränen nahe. Mit unsicheren Schritten geht sie ins Sprechzimmer, schlüpft schluchzend in den Papierkittel und läßt ihre Füße in die Bügel gleiten. Der Gynäkologe kommt herein, zieht die Augenbrauen hoch, rückt den Kittel auf ihren Schenkeln zurecht und schiebt sein Gesicht dichter an sie heran.

»Keine Sorge«, sagt er und tätschelt ihr das Bein. »Sie ist noch offen.«

Lucy versucht, ihm zu erklären, daß sie sich nicht um ihre Vagina Sorgen macht, sondern um ihr Leben und das Leben aller Frauen, die durch die Malls hetzen oder gebannt vor der *Nodderman Show* sitzen. Daß ihr nichts Näheres über die Frau mit der verschlossenen Vagina bekannt ist und ebensowenig über die Frau, die ihre Gebärmutter verloren hat. Was weiß sie schon über deren Leben? Und daß sie trotzdem ständig weinen und über Rod Nodderman reden muß und nachts von einem weißhaarigen Mann träumt, der sanft mit ihr spricht und den Kopf ihres Hundes streichelt.

»Ich will doch nur ein Liebesleben«, schluchzt sie, doch der Arzt hat ihr bereits den Rücken zugekehrt. Er sitzt an seinem Schreibtisch vor einem tragbaren Fernseher und dreht an der Antenne, um das Bild scharf zu bekommen. Gerade beginnt die *Nodderman Show* mit einer Live-Sendung aus der örtlichen Mall. Während der Titelmelodie hört man die leise, bedeutungsschwangere Stimme des Ansagers. Lucy richtet sich in ihrem Kittel auf und rutscht vom Untersuchungsstuhl, um näher an den Fernseher heranzukommen.

»Ein Exklusivinterview mit einer Frau, die behauptet, ihre Vagina habe sich während der Ausstrahlung der Sendung plötzlich verschlossen. Ein Stück Fernsehgeschichte, hautnah miterlebt.«

Der Gynäkologe schreibt etwas auf Lucys Karteikarte. Ohne sie anzusehen, schreibt er ein Rezept für ein Verhütungsmittel aus und wirft es ihr über die Schulter hinweg zu. Wozu Verhütungsmittel, möchte Lucy sagen, wenn Frauen keine Gebärmutter mehr haben oder keine Lust auf Sex?

»Holen Sie sich in einem halben Jahr ein neues Rezept.« Er will offensichtlich in Ruhe gelassen werden.

Schniefend rafft Lucy ihren Kittel zusammen und rückt ein bißchen näher an den Arzt heran, um über seine Schulter einen Blick auf den Fernseher zu werfen. Zunächst sieht sie das Blut nicht, das ihr am Bein hinunterläuft und sich um die Füße zu einer Pfütze sammelt. Sie sieht nur Adele, die Frau auf dem Bildschirm, in faltenlosen weißen Jeans und roten Pumps. Adele und Rita halten sich bei der Hand. Adele hat ihre Finger sanft über die Reifenspuren des Buggys auf Ritas Handrücken gelegt – eine so zärtliche und beschützende Geste, daß Lucy spürt, wie es zwischen ihren Beinen feucht wird. Beim Anblick der beiden gequälten Gesichter preßt Lucy sich voller Mitgefühl die Hände auf den Bauch. Das Blut schießt in einem dicken Schwall heraus.

»Großer Gott«, sagt der Arzt, läßt sich auf die Knie nieder und wischt das Blut mit einem Taschentuch auf. »Das gibt wieder einen Exklusivbericht.«

Bevor Rita auch nur den Mund aufmachen kann, hat er schon die Nummer der *Nodderman Show* gewählt, und als er losschreit, kommen alle Frauen in das Sprechzimmer gerannt, fallen auf die Knie und schluchzen. Lucy stürzt zu Boden und schiebt sich den Kittel zwischen die Beine. Von Schmerz überwältigt, werfen sich ein paar Frauen auf sie, doch Lucy spürt nicht mehr, wie ihre Hände sie durch das Papier betasten. Selbst ihre spitzen Schreie dringen an ihr Ohr wie eine weit entfernte Glocke. Sie wolle auf keinen Fall in der *Nodderman Show* auftreten, erklärt sie den Frauen mit schriller Stimme. Ihr Leben komme ihr sowieso schon vor wie ein Fernsehfilm.

»Das ist mir alles zu persönlich«, ruft sie und verläßt

fluchtartig die Praxis. Der Arzt berichtet später, sie habe eine Blutspur hinterlassen wie ein Insekt, wie ein Weibchen, das eine Fährte legt. Die Spur führt bis zu ihrer Wohnung. Überall hört man das klagende Geheul von Hunden. Vielleicht fühlt man sich so, wenn man läufig ist, überlegt sie und erinnert sich an die Flecken, die ihre Hündin in regelmäßigen Abständen auf dem Teppich hinterläßt. Dann leckt sich das Tier jedesmal ab als schäme es sich. Lucy rennt die Treppe zu ihrer Wohnung hinauf, das Blut tropft auf die Stufen. Bei dem Gedanken, daß ihre Hündin versucht, die verräterischen Zeichen ihrer Gelüste zu verbergen, wird ihr das Herz schwer. Wie traurig ist es doch, überlegt sie, wenn jeder sehen kann, was mit deinem Körper los ist. Wenn jeder sehen kann, wie heftig du dir etwas wünschst.

Zu Hause stopft Lucy sich eine Rolle Toilettenpapier zwischen die Beine und verbarrikadiert die Tür. Die Hündin erwartet sie schon, wedelt mit dem Schwanz und versucht, so gut sie kann, die Blutspur hinter Lucy aufzulecken. Lucy setzt sich auf den Fußboden und schlingt die Arme um den Hund, ihre Brust hebt und senkt sich unter lauten Schluchzern.

»Ich werde nie wieder an dir zweifeln.« Sie küßt den Hund auf die Nase, die Feuchtigkeit brennt auf ihren Lippen.

Draußen hört sie bereits die Reporter, die ihre Kameras aufbauen und eine Tonprobe machen. Ihre Wohnung war offenbar leicht zu finden, die Blutspur führt geradewegs zu ihrer Haustür. Im Flur hört sie Fotoapparate klicken: Die Reporter machen Blitzlichtaufnahmen von der Blutspur. Bestimmt wissen bald auch in der Bank alle Bescheid, denkt sie und schluckt eine Handvoll Antibabypillen. Sie überlegt, ob die Männer, mit denen sie geschlafen hat, wohl ihre Konten kündigen werden. Sie stellt sich vor, wie sie auf der Bühne der *Nodderman Show* sitzt und das Blut ins Publikum sickert.

»Ich wollte nur ein bißchen Gesellschaft«, würde sie sagen und den Zuschauern erzählen, daß sie mit vielen Bankkunden One-night-stands hatte und daß es ihr unmöglich sei, körperlich etwas zu empfinden.

Der Hund winselt leise und legt den Kopf in ihren Schoß. Sie hört, wie Wohnungstüren auf- und zugeschlagen werden, das hektische Geflüster der Nachbarn und die lautstarke Forderung, der Hausmeister solle sich um die Reinigung des Flurteppichs kümmern. Lucy legt die Kette vor und versucht, den Lärm zu ignorieren, doch sie hat das Gefühl, sogar durch die Tür hindurch von Menschen angestarrt zu werden, deren Augen beim Anblick ihres Blutes aufleuchten. Als wäre ich im Fernsehen, denkt sie, bloß daß die Kameras noch nicht auf mich gerichtet sind.

Sie steht an der Tür und fleht die Kameraleute an, sie in Frieden zu lassen. Sie will mit ihrem Hund allein sein und um den Verlust ihrer Anonymität trauern, sagt sie.

»Nodderman kann im Moment nicht das geringste für uns tun«, schluchzt sie hinter der verschlossenen Tür. »Ich habe so viele Jahre nichts gefühlt, daß mein Körper jetzt ein Leck bekommen hat.«

Nach einer Weile erklären die Kameraleute, daß sie Lucy erst einmal in Ruhe lassen wollen, später jedoch für eine Exklusivsendung zurückkommen würden. Als Frau sei sie das dem amerikanischen Volk schuldig, sagen sie.

Als Lucy sich endlich in Sicherheit glaubt, watschelt sie mit ihrer Badezimmermatte zwischen den Beinen durch die Wohnung. Wenn ich die Blutung eindämmen könnte, denkt sie, ist vielleicht plötzlich alles vorbei wie ein böser Traum.

Trotzdem kann sie es sich nicht verkneifen, den Fernseher einzuschalten und die *Nodderman Show* zu verfolgen, während ihr das Blut an den Beinen hinunterläuft. Sie geht von einem Zimmer ins andere, wischt die Spur mit der Matte und ein paar alten Handtüchern auf, doch die Blutung hört nicht auf. Der Hund beschnüffelt das Blut und jault. Nodderman lächelt in die Kamera; sein weißes Haar schimmert im Schweinwerferlicht.

»Liebe Zuschauer«, sagt er mit einem Glitzern in den Augen, »hier sehen Sie, was einer Frau heutzutage alles passieren kann.«

Die Reporter hämmern gegen die Tür, und Lucy hört die zischelnden Laute einer Töle, die an ihrer Fußmatte schnüffelt. Lucys Hündin rollt sich vor ihren Füßen zusammen und winselt, das Blut hat die Handtücher durchweicht und sickert auf die glänzenden Dielen. Die Frau in der Sendung erhebt sich unter donnerndem Applaus, ihr faltenloser Schritt ist deutlich in einer Großaufnahme zu sehen. Man muß die Blutung doch irgendwie zum Stillstand bringen können, denkt Lucy und stopft sich ein kleines Kissen zwischen die Beine. Doch nach ein paar Minuten ist es blutdurchtränkt, und Lucy steht in einer roten Pfütze, während Nodderman seine Zuschauer animiert, den Refrain eines alten Helen-Reddy-Songs zu singen. Lucy ertappt sich beim Mitsummen.

Spätabends ruft Lucy alle Bankkunden an, mit denen sie geschlafen hat, und hinterläßt Nachrichten auf ihren Anrufbeantwortern. Ihr Hund steht auf den Hinterbeinen, die Vorderpfoten in der Luft. Obwohl Lucy einen Kloß im Hals hat, zwingt sie sich, etwas aufs Band zu sprechen.

»Ron«, sagt sie und ersetzt den Namen bei jedem neuen Telefonat durch einen anderen – Charles, Tom, Lou, Warren – »jede Nacht mit dir war ein einziger Rausch. Vielleicht sehen wir uns in nächster Zeit mal im Fernsehen.«

Sie wartet auf Rückrufe, wundert sich aber nicht, daß das Telefon ruhig bleibt. Sie stopft sich einen Stapel alter Zeitungen zwischen die Beine und schläft auf dem Sofa, der Hund liegt zu ihren Füßen. Während der Nacht durchtränkt das Blut die Zeitungen, hinterläßt Wörter auf ihrem Sofa und sickert mitsamt der Druckerschwärze in den Teppich. Und auf dem hellen Teppich erkennt sie in einer getrockneten Blutlache ein Bild von Nodderman, der den Reportern zuwinkt. Trotz der dunklen Druckerschwärze und des knallroten Blutes ist der Glanz seines weißen Haares unverkennbar.

Die Blutung hört nicht auf. Lucy geht nicht zur Arbeit und verläßt ihre Wohnung auch sonst nicht mehr. Nach ein paar Tagen gibt sie es auf, sich Entschuldigungen für ihr Fernbleiben von der Bank einfallen zu lassen. Jeder Fußgänger kann die Spur sehen, die sie auf dem Gehsteig hinterläßt. Mehrere Polizisten haben den Auftrag erhalten, am Bordstein Wache zu halten und dafür zu sorgen, daß die Blutspur nicht von den Fußstapfen der Passanten verwischt wird.

»Diesmal werden wir nicht zulassen«, sagt ein Polizist, »daß die Spuren des Vorfalls einfach verschwinden.«

Nach wenigen Tagen hat Lucy sich daran gewöhnt, sich nur in ihrer Wohnung aufzuhalten und die Außenwelt lediglich ausschnittweise wahrzunehmen – sie schaut aus dem Fenster oder in den Fernseher. Inzwischen ernährt sie sich aus Dosen, und wenn sie Lust dazu hat, singt sie ihrem Hund etwas vor; der Fernseher läuft Tag und Nacht. Vor ihrer Wohnung liegen die Reporter auf der Lauer und schieben ihr unter der Tür hindurch kleine Zettel zu.

Wir wollen nur ein paar Aufnahmen von ihrer Blutung machen, steht darauf, *oder ein paar Statements zur Menstruation. Ist das vielleicht zuviel verlangt?*

Doch sie beantwortet die Zettel nicht und versucht die Geräusche der Reporter zu übertönen, indem sie die *Nodderman Show* voll aufdreht. Ohne meinen Hund und Noddermans Stimme, denkt sie, würde ich bestimmt durchdrehen.

Eine Nachbarin bringt ihr ein Tablett mit Crackern und eine Packung Binden. Sie schiebt jede Binde und jeden sorgsam mit Butter bestrichenen Cracker einzeln unter der Tür hindurch.

»Ach, Lucy«, sagt die Nachbarin mit wehleidiger Stimme. »Merken Sie denn nicht, wie sehr Nodderman sie braucht?«

Doch Lucy gibt keine Antwort. Statt dessen verfüttert sie einen Cracker nach dem anderen an ihre Hündin. Die wedelt mit dem Schwanz und leckt ihr die Butter von den Fingern. Gemeinsam schlucken sie die letzten Antibabypillen und strecken sich auf dem Fußboden aus. Das Blut tropft an ihren Beinen herab und zeichnet den Umriß ihres Körpers auf dem Boden nach. Da die Hündin schon öfter läufig war, hat Lucy das Gefühl, daß sie ihre Qualen nachempfinden kann. Die beiden heulen in die Nacht hinaus und wecken mit ihrem Radau die Nachbarn. Hektisch leckt die Hündin, deren Zitzen und Bauch vor Mitgefühl angeschwollen sind, das Blut auf. In einer anderen Wohnung schreit ein Baby, der Lärm hallt durch das Treppenhaus. Lucy stellt sich ein brüllendes Baby mit rotangelaufenem Gesicht vor und überlegt, wie sie es beruhigen würde, wenn es ihr Kind wäre. Sie versucht, ein Wiegenlied zu summen, bringt jedoch nur einen kehligen, krächzenden Laut heraus, wie ein Stöhnen. Aber wem will sie eigentlich etwas vormachen? Egal, was sie anstellt, sie kann nicht einmal ihren winselnden Hund trösten.

Vor Tagesanbruch klingelt das Telefon. Die Wohnung ist still; der Hund liegt mitten in Lucys Blutlache auf dem Teppich. Vielleicht sind die Reporter für eine Weile nach Hause gegangen, denkt sie, und lassen mich ein bißchen in Frieden bluten. Sie trottet zum Telefon und nimmt den Hörer ab. Welcher ist es wohl, fragt sie sich und geht in Gedanken die Männer durch, mit denen sie in den vergangenen Monaten geschlafen hat. Sie hält sich den Hörer einen Moment lang an die Brust, in der Hoffnung, daß der Mann am anderen Ende der Leitung ihr Herz klopfen hört.

»Hallo«, sagt sie schließlich. Sie kann das Wort kaum herausbringen, ihr Mund ist trocken und verklebt. Nach längerem Schweigen hört sie eine unbekannte Stimme.

»Ich weiß, wie es ist, wenn man blutet«, sagt der Mann;

dann dringen unterdrückte Schluchzer an ihr Ohr und ein Klicken, als er auflegt, ehe sie antworten kann.

Lange Zeit liegt sie auf dem Sofa, die Füße auf dem Rücken der Hündin. Das Blut läuft ihr die Beine hinunter und über die Füße, verkrustet sich zwischen ihren Zehen. Sie stupst die Hündin mit dem Fuß, doch die schläft tief und fest und rührt sich nicht. Lucy versucht wieder einzuschlafen, aber die Stimme geht ihr nicht aus dem Kopf. Egal, wer es war, überlegt sie, höchstwahrscheinlich werde ich ihm nie begegnen. Kein Mann kann wirklich wissen, wie es ist, wenn man blutet.

- 11 -

Rita und Rod Nodderman warten im Aufenthaltsraum auf Adele und essen Rührei. Rita fällt auf, daß Nodderman kaum etwas ißt; er kann seine Erregung nicht verbergen. Rita dagegen hat einen Bärenhunger und verschlingt erst ihre, dann Noddermans Portion, wobei sie nur innehält, um kurz Luft zu holen.

Nodderman läuft im Zimmer auf und ab, seine Erektion drückt gegen den Reißverschluß seiner Hose. Rita stellt fest, daß er sich nicht im geringsten verändert hat. Daß diese ganze Zeit, seit er weiß, daß ihre Gebärmutter irgendwo in der Welt herumliegt, fast spurlos an ihm vorübergegangen ist. Selbst die Begeisterungsrufe des Publikums sind für Nodderman wie ein fernes Glockenläuten, denkt Rita, als nehme er alles, was er hört und sieht, durch einen Schleier wahr.

Da es ihr auch schon einmal so ergangen ist, erkennt sie die Symptome wieder. Sie erinnert sich noch gut an die Zeit, als sie völlig ungerührt vom Geschrei der Babys und dem Quietschen der Buggys durch eine Mall gehen konnte. Jetzt jedoch empfindet sie diese Geräusche als regelrechte Attacke, als habe ihr der Verlust der Gebärmutter jegliche Abwehrmöglichkeit geraubt. Sie kann kaum noch einen Werbespot im Fernsehen anschauen, ohne daß ihr die Tränen kommen.

Und dann gibt es natürlich noch George, der ununterbrochen mickrige Zeichnungen seines einst so prachtvollen Penis anfertigt und wie ein Diener ihre Post hereinschleppt. Wenn er ihre Pumps anstarrt, spürt sie jedesmal, wie der Kloß in ihrem Hals dicker wird. Seit kurzem gehen sie sich aus dem Weg, essen ihr Cereal in getrennten Zimmern und sehen sich unterschiedliche Sendungen im Fernsehen an. So sollte ein junges Paar nicht leben, stellt sie seufzend fest, ob nun eine Gebärmutter für Zusammenhalt sorgt oder nicht.

Plötzlich steht Adele in weißen Jeans und engen roten Pumps in der Tür. Ihre Blicke kreuzen sich, als Rita gerade die Gabel in ihren geöffneten Mund schieben will, der auf eine neue Ladung Rührei wartet. Nodderman steht mit den Händen in den Taschen in einer Ecke, als suche er etwas, das keine der beiden Frauen ihm geben kann. Später kommt es Rita so vor, als habe sie diesen Augenblick in Zeitlupe erlebt, als sähe sie alles in Einzelbildern. Der ganze Raum wirkt verschwommen, bis auf das strahlende Weiß von Noddermans Haar und den klitschigen Eiflecken auf ihrer Bluse. Mit ausgebreiteten Armen läuft sie auf Adele zu, und weinend halten die beiden sich umschlungen. Selbst Nodderman scheint gerührt, wenn auch nicht zu Tränen.

»Du bist es«, sagen beide wie aus einem Mund. Nodderman putzt sich die Nase mit einer Serviette.

Nach etwa einer Minute läßt Rita Adele los und schaut sie an. Soviel Gefühl wie in Adeles Augen, denkt sie, habe ich weder bei George noch bei irgendeinem anderen Mann je gesehen. Wortlos gehen die beiden zum Tisch und setzen sich. Rita füttert Adele mit einer Gabel voll Rührei von ihrem Teller.

»Schafft mir sofort Bob herbei«, brüllt Nodderman. »Das hier ist Fernsehen pur.«

Mit geschlossenen Augen ißt Adele hungrig das Rührei, wobei sie mit einer Hand den Ärmel von Ritas Jackett umfaßt. Rita füttert Adele voller Dankbarkeit, nimmt das Ei behutsam auf die Gabel und hebt sie vorsichtig hoch. Sie denkt an die Zeit zurück, als George ihr Krümel aus der Hand aß, nachdem sie sich geliebt und Plätzchen gebacken hatten. Als er ihr damals die Krümel von der Handfläche leckte, war sie so zufrieden gewesen wie nie zuvor. Wie gern würde sie Adele jetzt mit Cereal füttern, doch Nodderman sagt, es gäbe nicht einen einzigen Tropfen Milch mehr im Studio.

»Sparen Sie sich ein wenig von ihrer innigen Verbindung für die Sendung auf«, flüstert er den beiden zu, ehe er in die Maske muß. Rita fällt auf, daß seine Brillengläser beschlagen sind, und sie fragt sich, ob ihm ihre Begegnung mit Adele nicht doch nahegegangen ist. Aber er ist nur ein einzelner Mann und steht nicht für die breite Masse, selbst wenn er sich noch so große Mühe gibt. Sie sind und bleiben gesichtslose, gebärmutterlose, vaginalose Frauen gegen den Rest der Welt.

Als der Produzent ihnen mitteilt, in ein paar Minuten gingen sie auf Sendung, fängt Adele wieder an zu weinen. Rita legt fürsorglich den Arm um sie und geht mit ihr zur Bühne, wo sie sich unter den heißen Scheinwerfern niederlassen. Der Kameramann befestigt den beiden Frauen ein Mikrofon am Revers. Rita sieht, daß er bemüht ist, seine Erektion zu verbergen. Die ganze Zeit hält Adele Ritas Hand umklammert und preßt ihre roten Pumps gegen Ritas hochhackige Schuhe. Rita lächelt in die Kamera; zum ersten Mal seit dem Verlust ihrer Gebärmutter geht ihr das Herz auf. Es ist doch traurig, denkt sie, daß man erst so erledigt sein muß, um ein solches Glück zu erleben.

»Und hier, liebe Zuschauer«, sagt Nodderman mit tiefer Stimme und zieht das Mikrofon dicht heran, »haben wir die Frau, auf die meine Show eine so tiefgreifende Wirkung hatte, daß sich während der Sendung ihr Geschlechtsteil verschlossen hat.«

Ein Raunen geht durchs Publikum; einige Frauen scharren mit den Füßen. Rita schaut niemanden direkt an und behält den hinteren Teil des Zuschauerraums im Auge, wo George mit seinem Zeichenblock sitzt. Sie weiß nie genau, wie die Leute auf ihre verschwundene Gebärmutter reagieren. Doch als sie hier neben der zitternden Adele sitzt, erkennt sie plötzlich die wahre Macht ihrer Gebärmutter. Andere Frauen gehen erstaunlich weit, damit Rita sie zurückbekommt, verschließen sich sogar vor lauter Mitgefühl. Das ist eigentlich eine ernüchternde Tatsache, denkt sie.

Nodderman kommt auf die Bühne und nimmt Adele bei der Hand. Mit einer Geste fordert er sie auf, sich zu erheben und im Kreis zu drehen, damit die Zuschauer ihren faltenlosen Schritt von allen Seiten begutachten können. Als Rita ihr aufmunternd zunickt, steht Adele auf, zunächst noch ein bißchen wacklig auf den Beinen; die roten Pumps zittern unter ihrem Gewicht.

»Denken Sie an die vielen Frauen, die Sie vielleicht retten«, sagt Nodderman leise und wirft Rita einen vielsagenden Blick zu.

Adele steht mit leicht gespreizten Beinen auf der Bühne, die vollkommene Glätte im Schritt ihrer weißen Jeans ist gut zu sehen. »Näher ran!« schreit Nodderman. Als die Kamera starr auf Adele gerichtet ist, bleibt Rita fast die Luft weg, weil Adele ihretwegen so schrecklich leiden muß.

Die Kamera schwenkt auf George, der im hinteren Teil des Zuschauerraumes hockt, die Hand über dem Hosenschlitz. Sein Gesicht glüht vor Scham, auf dem Zeichenblock prangt die Kohlezeichnung seines Penis.

»Lassen Sie sich das eine Lehre sein!« schreit jemand aus dem Publikum ihn an, dann stürzen sich die Zuschauer auf George, reißen ihm den Block aus der Hand und halten die Zeichnung von seiner schwindenden Erektion in die Kamera. Als Rita ihn so ängstlich sieht, will sie ihm zu Hilfe eilen, doch Nodderman faßt sie am Arm und tritt ihr auf die roten Pumps, um sie zurückzuhalten.

»Überlassen Sie ihn den Zuschauern«, sagt er und streichelt den Reifenabdruck auf ihrer Hand. Dann dreht er sich zur Kamera um und lächelt, ohne die Zähne zu zeigen. »Nach der Werbepause sind wir wieder da.«

Ehe Nodderman sie finden kann, zieht Rita Adele den Flur entlang in den Aufenthaltsraum. »Derart über George herzufallen«, sagt sie, »zeigt doch, daß die ganze Sache außer Kontrolle geraten ist. Die verschwundene Gebärmutter hat das Publikum total verrückt gemacht. Wir müssen schleunigst etwas unternehmen. Diese Frauen wollen Blut sehen.«

Adele nickt und reicht Rita den Aufsatz, den sie geschrieben hat, um in die *Nodderman Show* eingeladen zu werden.

»Eigentlich ist er für dich«, sagt Adele. »Ohne diese Gebärmutter können wir einpacken.«

Sie schnappen sich ihre Handtaschen und rennen durch den Hinterausgang zum Parkplatz. Als Rita in ihrer Tasche nach dem Autoschlüssel kramt, beschmiert sie sich die Hände mit violettem Lippenstift. Sie hört, wie die Unfruchtbaren Gebärmütter hinter ihnen einen Sprechchor skandieren und mit ihren Sandalen auf den Kiesbelag des Parkplatzes stampfen. Plötzlich weiß sie, daß sie selbst ohne ihre Gebärmutter nichts mit ihnen zu tun haben will. Rita hat einen Augenblick seltener Klarheit, wie sie ihn bisher nur einmal erlebt hat, und zwar im Schuhgeschäft, kurz bevor sie ihre Gebärmutter verlor.

»Das war nämlich so«, erzählt sie Adele im Auto. »Im Schaufenster des Schuhladens sah ich einen Augenblick lang meine Gebärmutter vor mir aufblitzen, rosa und makellos, wie ich sie mir immer vorgestellt hatte. Schau dir bloß all diese Frauen mit ihren Buggys und Windelpackungen an, sagte ich mir. Und ich hatte bloß ein Paar rote Pumps – meine Lieblingsschuhe, Größe 40. Da wußte ich, von nun an würde alles anders sein.«

Rita dreht den Zündschlüssel und läßt den Motor aufheulen. Adele greift nach ihrer Hand, und plötzlich müssen beide lachen. Hinter ihnen steht George in einer Staubwolke und schwenkt seine Zeichnung wie eine Fahne. »Gott schütze meine Gebärmutter«, sagt Rita, drückt Adeles Hand und tritt das Gaspedal durch. In der ganzen Aufregung, redet sie sich später ein, ist ihr gar nicht bewußt geworden, daß sie George dort einfach hat stehen lassen. An diesem Tag wollte sie nur noch weg von Nodderman.

NODDERMAN-GÄSTE AUF DER FLUCHT

Auf einer Pressekonferenz heute nachmittag verlas Rod Nodderman eine Erklärung über das Verschwinden der beiden Gäste, die am Vortag in seiner Fernsehsendung aufgetreten waren. Zuschauer berichteten, die beiden Frauen hätten fluchtartig die Bühne verlassen, nachdem der Ehemann der einen Frau während einer Werbepause tätlich angegriffen worden war. Die landesweit als Rita bekannte Frau, die mit ihrer traurigen Geschichte von der verschwundenen Gebärmutter Tausende von Menschen zutiefst gerührt hat, ballte Augenzeugen zufolge die Faust hinter Noddermans Rücken und bezeichnete ihn als Verräter an den Frauen. Als Reaktion auf diese Beschuldigung verlas Mr. Nodderman folgende Erklärung:

»Die beiden Frauen, Rita und Adele, haben sich aus freien Stücken bei mir gemeldet. Als Talkmaster und im Interesse der Öffentlichkeit hielt ich es für meine Pflicht, ihre Geschichten ins Fernsehen zu bringen. Das habe ich nach besten Kräften getan, doch zum Dank dafür sind die beiden aus einer Live-Sendung weggelaufen, die zweifellos Fernsehgeschichte gemacht hätte … Die Gebärmutter ist bis heute nicht wiederaufgetaucht, und ich bin fest davon überzeugt, wenn die beiden nicht die Flucht ergriffen hätten, wäre Miss Adele wieder offen und die Gebärmutter von Miss Rita wieder da, wo sie hingehört.«

Ritas Ehemann George, der lediglich seinen Vornamen preisgab, stand für einen Kommentar bisher noch nicht zur Verfügung, obwohl einige Schaulustige berichteten, man habe ihn zuletzt in der Nähe der für Nodderman reservierten Parkplätze gesehen, wo er Kohlezeichnungen seines Geschlechtsteils anfertigte und sie an Passanten verkaufte.

Rita und Adele mieten sich unter falschen Namen, Harriet und Gloria, in einem Motel ein. Der Frau an der Rezeption erklären sie mit gedämpfter Stimme, sie seien Schwestern und suchten einen ruhigen Ort, um über den Verlust ihrer kürzlich verstorbenen Mutter Gladys hinwegzukommen. »Vielleicht haben Sie in der Zeitung davon gelesen«, sagt Adele. »Ein Stück Fallobst hat sie am Kopf getroffen. Ein sehr merkwürdiger Unfall.« Rita schubst sie mit dem Ellbogen, um ihr zu signalisieren, daß sie zuweit geht. Voller Mitgefühl bietet ihnen die Empfangsdame einen Korb mit Früchten an.

Sie kämpft mit den Tränen. »Da haben Sie nun Ihre arme Mutter verloren«, sagt sie, »und ich kann an nichts anderes denken als an diese arme Frau und ihre Gebärmutter. Ich hoffe doch«, setzt sie hinzu und zeigt auf den Korb, »daß das Obst Sie nicht zu sehr an den frühen Tod Ihrer Mutter erinnert.«

Rita bedankt sich bei der Frau und nimmt Adeles Arm. Sie gehen zu ihrem Zimmer und halten die Luft an, um nicht wie Schulmädchen loszuprusten. Im Zimmer reißen Sie das Papier von dem Obstkorb und lassen sich auf die Betten plumpsen, beißen genüßlich in die Äpfel und schleudern die roten Pumps in die Ecke.

»Wenn ich mir vorstelle«, sagt Adele wehmütig, »daß es mal eine Zeit gab, wo ich gedacht habe, ich könnte nicht ohne Nodderman leben.«

Einige Stunden lang liegen sie schweigend auf den Betten. Ihre Verbindung ist so intensiv, daß sie keine Worte brauchen. Rita denkt an George, wie er mit seinen Zeichnungen auf dem Parkplatz herumlungerte und wie Noddermans Augen vor Wut blitzten. Der Verlust ihrer Gebärmutter überschattet ihr ganzes Leben; sie braucht einfach Zeit, um sich neu zu orientieren. Wie herrlich es sein würde, hier aufzuwachen – ohne einen Sack voll Post und George, der seinen Schwanz befingert. Zum ersten Mal seit Monaten geht sie barfuß, und der Teppichboden des Motelzimmers fühlt sich angenehm kühl an.

Einige Meter entfernt liegt Adele, deren Gedanken die ganze Zeit um Nodderman kreisen, obwohl sie sich mit aller Kraft dagegen wehrt. Wenn sie die Augen schließt, sieht sie noch immer sein fassungsloses Gesicht in dem Augenblick, als sie mit Rita von der Bühne geflohen ist. In der Hoffnung, er könne ihre Gedanken lesen, hat sie sich den Satz wieder und wieder im Geist aufgesagt, doch er hat nie reagiert. *Wenn Sie nur wollten*, ritzt sie in den Moteltisch, *könnte ich Ihnen was Gutes tun.*

Als Rita schon schläft, schreibt sie in Blockbuchstaben eine Nachricht an Leonard. Da sie nicht will, daß er sie mißversteht, entscheidet sie sich gegen eine romantische, schnörkelige Schrift. Sie nimmt sich Zeit, überlegt, wie sie ihre Gefühle am besten zum Ausdruck bringt, doch schließlich merkt sie, daß es nur eine Möglichkeit gibt.

Lieber Leonard,

wir hatten viel Spaß miteinander. Da sind wir uns hoffentlich einig. Aber ohne meine Vagina ist uns nichts geblieben. Selbst Du hast das gemerkt. Pack Dein Werkzeug zusammen und such Dir eine andere Vagina. Oder bohr Dir den Weg ins Herz einer anderen Frau. Mach, was Du willst, aber mach endlich was. Meine Vagina jedenfalls wird sich nie wieder für Dich öffnen.

Alles Liebe,
Adele

Sie weiß genau, daß Rita mit dem Brief nicht einverstanden wäre, obwohl sie nichts dergleichen gesagt hat. Inzwischen haben sie eine ganz besondere Verbindung. Sobald Adele die Titelmelodie der *Nodderman Show* durch den Kopf geht, summt Rita schon das Lied. Ein gegenseitiges Einfühlungsvermögen, das es nur zwischen Frauen gibt, denkt Adele.

Spätnachts schleicht Adele sich aus dem Zimmer und steckt den Brief in den Kasten vor der Rezeption, die die ganze Nacht besetzt ist. Durch das Fenster kann sie einen Blick auf den Fernseher werfen und sieht die Wiederholung einer *Nodderman Show*, die gesendet wurde, bevor die Gebärmutter verlorenging. Sie bohrt den Absatz ihres roten Pumps in den Kies und seufzt. Sicherheitshalber zieht sie einen ihrer Schuhe aus und schiebt ihn in den Briefkasten. Er landet mit einem lauten metallischen Klacken, das über den dunklen Parkplatz hallt.

- 14 -

Als Lucy erwacht, liegt ihre Hündin reglos auf dem Wohn-zimmerboden. Zuerst denkt sie, Sophia schliefe nur tief und fest, weil die Reporter sie die ganze Nacht wachgehalten hatten. Doch als sie ihren Rücken mit dem Fuß anstupst, wird ihr langsam klar, daß das Tier nicht mehr atmet.

»Ach, Sophia«, jammert sie und ballt hilflos die Fäuste. »Nur du hast gewußt, wie es ist, wenn man blutet.«

Weinend sinkt sie auf die Knie. Ihr Menstruationsblut hat Sophias Fell verklebt, Augen und Zähne sind blutverkrustet. Ihr Bauch ist bis zum Bersten angeschwollen, als habe die Gebärmutter der Hündin Lucys ganzen Schmerz in sich aufgenommen. Sie wickelt Sophia in Zeitungspapier und legt sie vor den Fernseher. Selbst Hunde sind nicht mehr sicher, denkt sie und schluchzt, solange diese Gebärmutter da draußen allein herumliegt. Mit ihrer blutverschmierten Hand streichelt sie ein letztes Mal den Kopf der Hündin.

Sie denkt an die Zeit, als Sophia ein Welpe war und manchmal Lucys Tampons aus dem Müll gebuddelt hat, als wären sie eine Art Trophäe. Als die Hündin groß war, ging Lucy jedesmal mit ihr im Mondschein spazieren, wenn sie läufig war. Vielleicht hätte sie ihr erlauben sollen, einmal trächtig zu werden. Möglicherweise wäre ihrer beider Leben anders verlaufen, wenn die Hündin Junge geboren hätte.

Aber vielleicht wäre es humaner gewesen, sie sterilisieren zu lassen. Dann hätte sie Sophia zumindest die Qualen einer unerfüllten Existenz erspart.

Noch ehe sie recht weiß, was sie tut, hat sie die Nummer der *Nodderman Show* gewählt. Als die Frau am Telefon sie fragt, worum sie Nodderman persönlich sprechen wolle, erklärt sie ihr mit ruhiger Stimme, daß Nodderman sie genauso brauche wie sie ihn, daß seine Verbindung zu Frauen in Bedrängnis keine Einbahnstraße sei.

»Sagen Sie ihm, wenn er eine gute Sendung machen will, weiß er, wo er mich findet.« Als sie die Handtücher zwischen den Beinen hervorzieht, schießt das Blut wie ein Sturzbach heraus.

Sekunden später ist Nodderman am Telefon; Lucy hört seinen zischenden Atem. Nachdem sie monatelang seine Sendung verfolgt hat, sind seine Atemzüge für sie unverkennbar. Eine Minute lang schweigt er, und Lucy steht da, den Hörer zwischen Schulter und Ohr geklemmt, die in Zeitungspapier gewickelte Sophia zu ihren Füßen wie eine Opfergabe.

»Die Blutung hört nicht auf«, sagt sie im Flüsterton, »solange die Gebärmutter noch da draußen herumliegt. Und jetzt hat es sogar meine Hündin erwischt.«

Sie weint, während Nodderman ihr beruhigende, tröstende Worte ins Ohr flüstert, ihr versichert, wie sehr er sich in seiner Sendung für Frauen engagiere.

»Wir alle sind betroffen von dieser Geschichte«, sagt er nach einer langen Pause. »Am allermeisten meine Show.«

Dann kommt der Produzent ans Telefon und erklärt ihr mit lauter Stimme, sie solle jetzt endlich die Kameraleute in ihre Wohnung lassen und dafür sorgen, daß der Hund im Bild ist.

»So etwas kommt an bei den Leuten«, sagt er. Lucy nickt und legt auf, ehe er mit seinen Anweisungen fertig ist.

Einen Moment lang beugt sie sich über Sophia; ihre Blutstropfen rinnen wie Tränen auf die Zeitung. Sie reißt ein großes Stück Zeitungspapier ab und stopft es sich zwischen die Beine. Mit dem letzten Rest an Würde, den sie aufbringen kann, öffnet sie die Wohnungstür.

»Machen Sie so viele Aufnahmen von mir, wie Sie wollen«, sagt sie und schlüpft in ihre roten Pumps. »Aber lassen Sie meinen Hund in Frieden.«

Sie setzt sich auf das Sofa und wartet auf Noddermans Eintreffen. Nach all den Monaten, in denen sie seine Sendung gesehen hat, kommt es ihr vor, als kenne sie ihn bereits, und sie fürchtet sogar, daß die persönliche Begegnung mit ihm eine Enttäuschung wird. Sie denkt an die vielen Konten, die sie so gern für Nodderman eingerichtet hätte, und an die Bankkunden, die kamen und gingen, um ihr die Einsamkeit zu vertreiben. Und die ganze Zeit über ist ihr die Hündin auf Schritt und Tritt gefolgt und hat alles aufgeleckt, was Lucy fallen ließ. Nur ein Hund, denkt sie, ist zu solcher Hingabe fähig.

Der Kameramann stürzt auf sie zu und schmiert ihr Make-up ins Gesicht, dann traktiert er sie mit einer riesigen Puderquaste. Er dreht ihr Gesicht nach links und rechts und schaut durch die Kamera, will sie von ihrer Schokoladenseite aufnehmen. In der Spiegelung der Linse sieht Lucy sich selbst, ihre hängenden Schultern und schlaffen Augenlider. Die leuchtendroten Pumps sind vielleicht ihre einzige Rettung, überlegt sie.

»Der Hund darf nicht weiter als eine Armlänge von Ihnen entfernt sein«, sagt der Kameramann. »Und lassen Sie das Blut einfach fließen.«

Sie nickt und wischt sich die Augen mit einem schmutzigen Taschentuch. Sie sitzt auf dem Sofa, ihre roten Pumps baumeln über Sophias Kadaver, um dessen steife Ohren sich das Blut in Pfützen sammelt. Mit einem riesigen Blumenstrauß platzt Rod Nodderman herein, fällt vor Lucy auf die Knie und legt sich die Hände aufs Herz.

»Helfen Sie uns, die beiden Frauen zu finden«, sagt er, »dann kaufen wir Ihnen einen nagelneuen Hund.« Eine Erektion beult seine Hose aus.

Statt einer Antwort schnüffelt Lucy nur, während ihr der Maskenbildner Mund und Nase pudert und Rouge auf die Wangen tupft. Man soll ihr nicht ansehen, daß sie soviel Blut verloren hat, erklärt er Nodderman. Das amerikanische Volk soll Mitgefühl für Lucy empfinden, aber keineswegs beunruhigt werden. Beunruhigung ist Gift fürs Fernsehen.

»Und das alles nur wegen dieser Gebärmutter«, fährt er fort. »Wir stehen kurz vor dem Nervenzusammenbruch.«

Nervös fährt sich Nodderman mit der Hand durch die weiße Mähne.

Als die Kamera läuft, hört Lucy, wie Nodderman mit leiser, monotoner Stimme die Geschichte von der verschwundenen Gebärmutter erzählt. Sie hat sich immer nur gewünscht, etwas zu fühlen – die Berührung eines vertrauten Mannes in ihrem Bett, die Liebe eines treuen Hundes, die wilde Erregung, von der andere Frauen ihr berichtet haben. Doch jetzt hört sie nur Babygeschrei, selbst wenn sie sich die Ohren zustopft.

Nodderman greift nach ihrer blutverschmierten Hand.
»Wann hat das alles bei Ihnen angefangen?« fragt er.

Sie holt tief Atem und schaut direkt in die Kamera.

»Als ich anfing, mir regelmäßig die *Nodderman Show* anzusehen.«

Die Kamera macht einen Schwenk auf Lucys Hund, der tot auf dem Wohnzimmerteppich liegt. Nodderman bückt sich, hebt das Zeitungspapier an und wirft einen Blick auf den Hundekadaver. Als er sein eigenes Gesicht auf dem Fell des Hundes entdeckt, stockt ihm der Atem: Die Druckerschwärze hat abgefärbt.

»Machen Sie davon eine Großaufnahme«, flüstert er dem Kameramann zu, und schon sieht man auf Lucys Fernseher, wie sie mit baumelnden Pumps auf dem Sofa sitzt, vor ihr auf dem Fußboden ihr Hund in einer Lache blutiger Druckerschwärze, den unauslöschlichen Abdruck von Rod Noddermans Konterfei auf dem Fell. Sie stößt einen tiefen Seufzer aus und schlägt die Hände vors Gesicht. Sie hat geahnt, daß es einmal so kommen würde – sie ist im Fernsehen, und das Herz schlägt ihr bis zum Hals. Trotz ihrer verzweifelten Situation sieht sie, daß der Kummer das Gesicht auf dem Bildschirm gezeichnet hat, sieht die Blutlachen zu ihren Füßen, doch alles ist durch das Fernsehen gefiltert, als betrachte sie nicht ihr eigenes Gesicht, sondern das einer Frau, die ihr den Schmerz vor Augen führen soll, vergrößert und in Farbe auf ihrer 66-Zentimeter-Bildröhre.

Nodderman sagt eine Werbepause an, drückt ihr die Hand und schlägt sich mit der Faust an die Brust.

»Wo immer diese Gebärmutter jetzt sein mag«, erklärt er, »niemand kann mehr so tun, als wüßte er von nichts.«

Nach dem Werbeblock kurz vor dem Ende der Sendung bittet er die Regie, die MAZ über das Verschwinden der Gebärmutter abzufahren. Lucy wischt sich die Augen und spürt, wie das Blut aus ihr heraustropft, während verschiedene Szenen aus den letzten *Nodderman Shows* über die dramatische Geschichte der Gebärmutter gezeigt werden. Zuletzt sieht man ein riesiges Foto von Rita, das während ihres ersten Auftritts in der Show aufgenommen wurde: Geistesabwesend starrt sie in den Zuschauerraum.

Ein leerer Blick, kommentiert einer der Produzenten, als sei ihr Körper völlig ausgehöhlt. Als hätte die Gebärmutter alles mitgenommen.

In den Wochen nach Ritas Verschwinden verliert Harry seinen Job als Leiter des Wachdienstes der Mall. So geht es nicht weiter, erklärt ihm einer der Sicherheitsbeamten, es ist einfach zuviel passiert. Innerhalb weniger Wochen wurde zweimal in den Schuhladen eingebrochen, und es gab mindestens vier Vorfälle, bei denen Frauen sich durch masturbierende Männer belästigt fühlten.

»Ich weiß nicht, was in Sie gefahren ist, Harry«, sagt sein Vorgesetzter. »Ich habe jedenfalls den Eindruck, Sie sind völlig überfordert.«

Harry nimmt die Mitteilung so würdevoll wie möglich auf. Er gibt seine Dienstmütze zurück und räumt alle leeren Cheerios-Schachteln von seinem Schreibtisch. Vielleicht wäre ein jüngerer Mann besser für den Job geeignet, denkt er, ein Mann, für den etwas auf dem Spiel steht, der einen Grund hat, sein Leben für anonyme Kunden zu riskieren. Seit Rita verschwunden ist, kann er nicht mehr so tun, als interessiere er sich für die Leute in der Mall, nicht einmal mehr für Frauen, die Schuhkartons tragen. Er hat seit fast einem Monat keine Erektion mehr gehabt und muß zugeben, daß ein gewisses Maß an sexueller Spannung nun einmal zum Job gehört.

Auf dem Weg zur Rolltreppe findet er einen Schnipsel seines Briefes an Rita, den er zerrissen hat. Er streicht mit den Fingern über die akkuraten Buchstaben und denkt an ihr leuchtendes Gesicht auf dem Bildschirm und die Schwellung seines Penis, als er ihre Anzeige im Kabelfernsehen gesehen hat. Wenn sie nur gewollt hätte, hätte ich ihr etwas Gutes tun können, überlegt er und wischt sich die Augen mit dem Handrücken, doch jetzt scheint sie für immer gegangen zu sein, und das alles wegen eines verunglückten Auftritts in der *Nodderman Show*.

Er bleibt vor dem Schuhgeschäft stehen, um ein letztes Mal hineinzusehen. Auf den Regalen türmen sich rote Pumps, Größe 40, mit Absätzen in allen Breiten und Höhen. Der Verkäufer, ein junger Mann namens Marty, winkt ihm aus dem Laden zu.

»He, Harry«, ruft Marty, als Harry sich zum Gehen wendet. »Sind Sie wirklich mal mit Adele gegangen?«

Harry bleibt an der Tür stehen und wartet, bis Marty zu ihm kommt. Marty schwitzt, sein Gesicht ist vor Aufregung rot angelaufen. Harry hat das Gefühl, sich in Marty selbst wiederzuerkennen, seinen alten verwegenen Charme, die jugendliche Energie. All das ist unter dem Gewicht der Dienstmütze und eines unausgefüllten Lebens verkümmert.

»Ja«, sagt Harry und wendet sich zum Gehen.

Als er schon fast draußen ist, hört er, wie Marty ihm etwas nachruft. Der Satz hallt durch die ganze Mall.

»Glauben Sie, daß die Gebärmutter je wieder auftaucht?«

Harry steht am Ausgang, spürt den Wind auf seinem unbedeckten Kopf und den zerrissenen Brief, der in seiner Uniformhose aus Polyester steckt.

»Keine Ahnung«, sagt er und verläßt die Mall.

Zu Hause schaltet Harry die Abendnachrichten an und ißt eine Schüssel Cheerios. Drei Wochen sind vergangen, und die beiden Frauen aus der *Nodderman Show* noch immer nicht aufgetaucht, sagt der Reporter. Inzwischen sei eine intensive Untersuchung der jüngsten Ereignisse – eine verschwundene Gebärmutter, eine verschlossene Vagina, eine blutende Frau und ihr toter Hund – eingeleitet worden, fährt er fort. Das alles sei höchst ungewöhnlich.

»Allerdings«, sagt Harry zu sich selbst. Er spürt, wie ihm die Tränen in die Augen treten, und zwingt sich, die Cheerios zu schlucken, damit er nicht anfängt zu weinen. Als er auf einen anderen Sender umschaltet, um nicht ständig an Rita denken zu müssen, hat er den Spot über die verschwundene Gebärmutter vor Augen; die großen rosa Buchstaben gleiten über den schwarzen Bildschirm.

- 16 -

Ein junger Bluter mit einer Plastikgebärmutter um den Hals
wird tot in einem Motelzimmer aufgefunden. Die Ange-
stellte des Motels sagt aus, daß sie den Mann nach Mitter-
nacht gefunden hat, kurz nach der *Nodderman*-Exklusiv-
Sendung aus der Wohnung der blutenden Frau. Der Mann
war nachmittags angekommen und hatte gesagt, er wolle
nur ein paar Stunden bleiben. Die Frau sagte, sie habe ihm
eine Quittung ausgestellt (er habe bar bezahlt) und ihm eine
gute Nacht gewünscht.

»Ich weiß noch, daß ich gedacht habe«, sagt sie, »irgend
etwas an diesem Jungen erinnert mich an Blut, aber zu diesem Zeitpunkt hätte ich nicht sagen können, was es war.«

Die Polizei fand den jungen Mann, weil ein Gast aus dem
Nachbarzimmer sich beschwert hatte, daß noch nach Mit-
ternacht im Fernsehen die *Nodderman Show* mit voller
Lautstärke plärrte. Offiziellen Angaben zufolge hatte der
Mann außer der Plastikgebärmutter und einem Koffer voller
hochhackiger Damenschuhe kein Gepäck. Das Motiv sei
unbekannt, heißt es weiter, obwohl es Gerüchte gebe, der
Tote habe in seiner rechten Hand einen Zettel gehabt.

Liebe Lucy, habe auf dem Zettel gestanden. *Ich hätte Dir
etwas Gutes tun können, wenn ich überlebt hätte*.

17

Kurz vor Martys Mittagspause betritt ein junger Mann das Schuhgeschäft. Seit die Frau mit der faltenlosen Vagina verschwunden ist, findet Marty nur in der Mittagspause ein wenig Zerstreuung. Dann sitzt er vor dem Büro des Sicherheitsdienstes, dem ehemaligen Arbeitsplatz von Harry, und ißt Thunfisch-Sandwiches vom Vortag. Wenn keine Kunden in der Nähe sind, versucht er, einen Blick in das Büro zu werfen, das früher ein Stück von Harrys Welt war. Es ist ein kleiner Trost für ihn, daß Harry einmal in der Frau gewesen ist, die so unbarmherzig dichtgemacht hat, und daß er in derselben Mall arbeitet, in der die Gebärmutter verloren ging. Doch diese Belanglosigkeiten muntern ihn nur vorübergehend auf.

Der Mann geht zielstrebig auf Marty zu, als wüßte er ganz genau, was er wolle. Eine solche Bestimmtheit hat Marty bei keinem Kunden mehr erlebt, seit alle Welt wild auf rote Pumps ist. Einen Moment lang muß er an Sarah denken; sie hatte genau den gleichen Ausdruck in den Augen, war völlig fixiert auf Nodderman und die verschwundene Gebärmutter. Eine derartige Intensität hat er selbst noch nie erlebt – bis auf seine kurze Begegnung mit Adele, und auch dabei war ihm bewußt, daß eine verschlossene Vagina ein nicht zu unterschätzendes Hindernis ist.

»Kann ich Ihnen behilflich sein?« fragt Marty den jungen Mann mit seinem routinierten Verkäuferlächeln. Glücklicherweise kann er diese Rolle noch immer spielen, obwohl er sich oft dabei ertappt, wie er auf die Armbanduhr schaut und die Minuten bis zur Mittagspause zählt. Er tastet nach dem Thunfisch-Sandwich in seiner Hosentasche.

Der Mann strafft die Schultern und schaut Martin in die Augen.

»Ich bin Bluter«, sagt er laut zur Bestürzung der anderen Kunden, »und möchte ein paar Damenschuhe kaufen.«

Eine Minute lang sagt Marty nichts. Dann nimmt er den Mann beim Arm und führt ihn in eine Ecke des Schuhladens, wo er nicht allzu unangenehm auffallen kann. Bitte benehmen Sie sich manierlich, würde er gern sagen, es sind schließlich Leute im Laden, die Schuhe kaufen wollen. Doch er bringt es nicht über die Lippen und bietet ihm statt dessen ein Stück von seinem Sandwich an. Der Mann schüttelt den Kopf und zeigt auf die roten Pumps Größe 40.

»Ich kaufe Ihre gesamten Bestände«, sagt er und drückt Martys Hand so fest, daß der Thunfisch zwischen seinen Fingern hervorquillt.

Marty erklärt dem Mann, seiner Meinung nach würde um die roten Pumps viel zu viel Aufhebens gemacht, und die ganze Panik wegen der verschwundenen Gebärmutter habe bei den Frauen zu übertriebenem Interesse an einem Produkt geführt, dessen Lebensdauer doch sehr begrenzt sei. Insgeheim hofft er, der Mann werde es sich anders überlegen, denn der Gedanke, sich von dem letzten Dutzend Pumps zu trennen, das er noch auf Lager hat, ist ihm unerträglich.

»Wie wär's mit ein paar hübschen weißen Sandalen?«
fragt Marty und hält einen Schuh hoch. »Oder vielleicht ein
schwarzglänzendes Modell mit Pfennigabsatz?«

Doch der Mann schüttelt den Kopf, schnappt sich die roten Pumps und drückt sie Marty in den Arm.

»Ich will die«, sagt er. Sein Blick verrät Marty, daß es aussichtslos ist, ihn von etwas anderem überzeugen zu wollen.

Im Lager holt Marty alle Kartons mit roten Pumps aus den
Regalen und stapelt sie auf dem Teppich. Noch ein letzter
Blick, denkt er und öffnet eine Schachtel nach der anderen.
Das weiße Seidenpapier raschelt unter den Deckeln. Er stellt
sich vor, wie Adele vor dem Schuhgeschäft steht, verpackt
in weißem Seidenpapier und einer riesigen roten Schleife.

Ich hätte ihr etwas Gutes tun können, denkt er, *wenn sie nur
nicht weggelaufen wäre.*

Es sind noch siebzehn Paar Schuhe im Lager, alle in Größe
40. Marty schleppt sie nach vorn zur Kasse und stapelt sie auf
der Theke. Der Mann öffnet jede einzelne Schachtel und
schaut hinein, als spüre er, wie ungern Marty sich von den
Schuhen trennt.

»Wenn Sie wüßten, was ich damit vorhabe«, sagt der
Mann mit gesenkter Stimme, »würde es Ihnen nicht halb so
viel ausmachen.«

Marty nickt und tippt die Preise in die Kasse ein. Normalerweise gehört das zu den Aufgaben der Verkäuferin, doch
in diesem Fall hat Marty das Bedürfnis, es selbst zu tun. Er
tippt einen Preis nach dem anderen ein, wobei er die Tasten
mit Thunfisch beschmiert. Der Mann öffnet seine Brieftasche und zählt die Scheine ab, dann greift er in seine Hosentasche und kramt das passende Kleingeld heraus.

»Viel Spaß damit«, sagt Marty, als er dem Mann die Schuhe reicht, doch im selben Moment wird ihm klar, wie dumm das klingt. Der Mann dreht sich zu Marty um und lächelt ihn traurig an. Er zieht einen Schuh aus der Schachtel, als wolle er Marty damit grüßen.

»Von Spaß«, sagt er, »kann jetzt keine Rede mehr sein.«

Marty beobachtet, wie der Mann davongeht. Er schaut auf die Uhr und stellt fest, daß es Zeit für die Mittagspause ist, doch die alte Erregung ist verschwunden. Als der Mann weg ist, durchstreift Harry alle Stockwerke der Mall, den Blick auf den Boden geheftet in der Hoffnung, Hinweise auf den Verbleib der Gebärmutter zu entdecken. Er holt tief Atem und versucht, das Bild von Adele in ihren faltenlosen weißen Jeans aus seinem Kopf zu verbannen. Wenn er die Augen schließt, überfällt ihn sofort das Bild des Bluters mit dem hungrigen Blick, und ein durchdringender Thunfischgeruch steigt ihm in die Nase.

An diesem Abend sitzt er allein in seinem Schlafzimmer, schaut sich die Nachrichten an und wartet auf ein Zeichen von Adele. Der Reporter versucht Nodderman zu interviewen, doch der lehnt jeden Kommentar ab. In dem trüben Licht betrachtet er Noddermans Gesicht auf dem Bildschirm und liest alte Briefe von Sarah. Vielleicht wäre alles anders gekommen, wenn sie ein Kind gehabt hätten, überlegt er. Bei diesem Gedanken spürt er einen Schmerz zwischen den Beinen.

Als ein Foto des Bluters auf dem Bildschirm erscheint, erkennt er ihn zunächst nicht. Er macht sich gerade ein frisches Thunfisch-Sandwich, und der Geruch der Majonnaise läßt die Erinnerung an den traumatischen Tag im Schuhgeschäft wiederaufleben. Er hat sein letztes Paar roter Pumps verkaufen müssen und sich dann noch nicht einmal auf die Mittagspause freuen können. *Morgen ist ein neuer Tag*, sagt er sich, *und es wird nicht lange dauern, bis wieder neue Pumps auf Lager sind.* Das ist ja schließlich sein Job.

Beim ersten Biß in sein Sandwich sieht er, wie die Leiche eines Mannes aus einem Motelzimmer getragen wird. Ein Reporter erklärt, um den Hals des Toten sei das Plastikmodell eines Uterus gewesen. »Dieses Ding hat uns alle um den Verstand gebracht«, sagt einer der Zuschauer, und Marty bleibt ein Stück Thunfisch im Hals stecken.

Auf dem Rasen vor dem Motel liegen stapelweise rote Pumps, die man aus dem Zimmer des Mannes geholt hat. Marty fällt auf, daß die Schuhe selbst im grellen Scheinwerferlicht in der feuchten Nachtluft glänzen.

»Er war Bluter«, sagt einer der Polizisten, »und hat sich zweifellos zu oft die *Nodderman Show* angesehen.«

Jetzt sieht man ein Foto von Lucy, der Frau, die seit Adeles Verschwinden ununterbrochen blutet. Marty schluckt den Thunfisch hinunter, während der Reporter ein Foto zeigt, auf dem Lucys toter Hund vor Noddermans Füßen liegt.

»Wie viele Paar Schuhe haben Sie gefunden?« fragt der Reporter den Polizisten.

Marty stockt fast der Atem, er spürt, wie ihm die Mayonnaise auf der Zunge und an den Zähnen klebt.

»Siebzehn«, sagt der Polizist.

Ein paar Minuten später schaltet Marty den Fernseher ab. Er stopft das angebissene Sandwich in die Tasche seines Bademantels und beginnt zu weinen, zuerst ganz leise, dann lauter und heftiger. Er muß immerzu an Harry denken, wie er, mit der Mütze in der Hand, im Büro des Sicherheitsdienstes saß, und wie froh er gewesen war, Adele zu haben. Wie sie alle so verzweifelt gehofft hatten, die Gebärmutter würde wieder auftauchen, und daß jetzt mit jedem Tag, der verstrich, die Zukunft trostloser aussah. Der Gedanke, wieder zur Arbeit zu gehen und die leeren Regale anschauen zu müssen, ist ihm unerträglich.

18

Mitten in der Nacht werden Rita und Adele plötzlich von Sirenengeheul und dem Flackern des roten Blinklichts geweckt. Sie reiben sich die Augen, setzen sich auf die Bettkante und lassen die Füße baumeln. Rita wickelt sich in ihr Bettuch, wirft Adele einen Blick zu und spürt in ihrem Bauch die vertraute Leere, wo früher einmal die Gebärmutter war.

»Das Spiel ist aus«, sagt Rita und tritt ans Fenster. »Die sind bestimmt wegen uns hier.«

Sie zieht die Vorhänge beiseite, um zu sehen, was draußen los ist. Im Schein des Mondlichts, das ins Zimmer dringt, betrachtet sie den Reifenabdruck auf ihrer Hand, der inzwischen langsam verblaßt. Adele stellt sich neben sie und legt ihr eine Hand auf die Schulter. Rita stößt einen tiefen Seufzer aus. Sie muß an George denken, einsam und verlassen, dessen einziger Trost seine Zeichnungen und die Erinnerungen an ihren roten Teddy sind. *Vielleicht sollte ich wieder nach Hause gehen,* denkt sie, obwohl sie nicht recht weiß, was sie dort erwartet.

Auf dem Rasen vor dem Motel steht eine Gruppe Polizeibeamter. Anscheinend ist noch kein Kamerateam da, doch sie ist überzeugt, daß Nodderman nicht weit sein kann. Einer der Polizisten steht neben einer Bahre mit einem langen schwarzen Leichensack und einem Koffer voller roter Pumps.

»Um Himmels willen, Adele«, keucht sie beim Anblick des Plastikteils in der Hand des Polizisten. »Meine Gebärmutter hat jemanden umgebracht.«

Rita dreht sich um, wirft sich aufs Bett und zieht sich die Decke über den Kopf. Es ist schlimm genug, wenn alle Welt weiß, daß sie ihre Gebärmutter in einer Mall verloren hat, aber daß sie jetzt auch noch den Tod eines Menschen auf dem Gewissen hat, ist wirklich mehr, als sie ertragen kann. Wenn sie an diesem Tag doch nur ein bißchen vorsichtiger gewesen wäre, wenn sie doch bloß die roten Pumps nicht gekauft hätte, wie anders hätte ihr Leben dann verlaufen können.

»Jetzt schenkt meine Gebärmutter kein Leben mehr«, dringt ihre erstickte Stimme unter den Kissen hervor, »sondern bringt den Tod.«

Adele setzt sich neben sie aufs Bett und streichelt ihre Schultern. Unter ihrer Decke hört Rita Adeles aufmunterndes Gemurmel, obwohl sie die einzelnen Worte nicht verstehen kann. Bei allem, was sie in letzter Zeit durchgemacht hat, konnte sie sich stets auf Adele verlassen. Es geht doch nichts über das tiefe Mitgefühl einer anderen Frau, denkt sie, und Adeles verschlossene Vagina ist der beste Beweis dafür. In einer Welt ohne Gebärmütter können wenigstens sie beide immer aufeinander zählen.

Nach einer Weile hat Rita sich soweit beruhigt, daß sie den Kopf wieder unter der Decke hervorstreckt. Adele sitzt auf der Bettkante und lächelt sie an – ein trauriges Lächeln, das Rita ihre eigene Sehnsucht, ihre Unachtsamkeit bewußt macht, das tiefsitzende Schuldgefühl, ihre Gebärmutter durch Nachlässigkeit in der Mall verloren zu haben. Nur sie selbst kann sich aus ihrer Misere befreien, denkt sie mit einem gewissen Bedauern.

Bis zum Morgen sehen sie sich Wiederholungen der *Nodderman Show* ohne Ton an. Trotz allem, was passiert ist, sagt Rita, haben Männer im Fernsehen noch immer etwas Faszinierendes für sie. Das schimmernde weiße Haar, die kühlen blauen Augen, die Art, wie sich das Scheinwerferlicht in Noddermans Brillengläsern spiegelt. Auf der Bühne hatte sie einen Moment lang ihr Spiegelbild in seinen Brillengläsern entdeckt, erzählt sie Adele, die Leere ihres Blicks vor seinen blauen Augen. So deutlich wie in diesem Augenblick hat sie noch nie gesehen, was sie wirklich ist: eine müde Einunddreißigjährige, die ihre Gebärmutter und ihre Identität verloren hat. Beim Anblick der Plastikgebärmutter und des Leichensacks ist ihr wieder zu Bewußtsein gekommen, in welcher Lage sie sich befindet.

Später liegen die Frauen in ihren Betten und lauschen den Atemzügen der anderen. Rita starrt die Risse in der Decke an und denkt an all die mitfühlenden Zuschriften, die sie bekommen hat, an die Frauen, die monatelang vergeblich nach ihrer Gebärmutter gesucht haben. Besonders gut erinnert sie sich an den Brief eines Mannes, der ihr etwas Gutes tun wollte, doch ihr ist klar, daß sie ohne Gebärmutter kein erfülltes Leben mehr führen kann.

»Hast du noch einen letzten Wunsch«, fragt Rita leise, »bevor wir uns stellen?«

Sie weiß, daß sie Adele mit ihrer Entscheidung, aufzugeben, nicht überrascht. Sie können machen, was sie wollen – letztlich bleibt ihnen nichts anderes übrig, als George und Leonard zu suchen und sich der Konfrontation mit Nodderman zu stellen. Wir sind schließlich Frauen, denkt sie, und im Leben der meisten Frauen spielen Männer nun einmal eine wichtige Rolle. Sie hört, wie Adele tief Atem holt, als habe sie sich bei dem Versuch, eine Antwort zu finden, völlig verausgabt.

»Ein Thunfisch-Sandwich«, sagt sie, und beide fangen unkontrolliert zu kichern an. Sie biegen sich vor Lachen und können nicht mehr aufhören, auch dann nicht, als ein Polizist die Zimmertür öffnet und zwei Frauen sieht, die über der Bettkante hängen und mit den Füßen strampeln. In einem letzten rebellischen Aufbäumen schleudert Rita einen ihrer roten Pumps in die Luft und trifft den Polizisten ins Gesicht. Das habe sie eigentlich nicht gewollt, sagt sie, doch der Drang, die letzten Reste ihrer Vergangenheit loszuwerden, sei einfach überwältigend gewesen.

Auf dem Polizeirevier werden die Frauen schon im Foyer von Reportern bedrängt. Rita sitzt mit dem Ermittlungsleiter am Tisch. Er zeigt ihr Fotos von George, der nackt vor dem *Nodderman*-Studio liegt und die Stoßstangen der geparkten Autos mit Zeichnungen seines Penis verziert hat. Auf einem anderen Bild steht er in ihrem leeren Wohnzimmer und drückt sich ein Paar rote Pumps an die Brust. Der Detective reicht ihr ein Taschentuch und schneuzt sich dann selbst die Nase. Sowohl Frauen als auch Männer, denkt Rita, werden wahrscheinlich bis in alle Ewigkeit leiden.

»Ich kann nur ahnen, was dieser Mann durchgemacht hat«, sagt der Detective mit Tränen in den Augen. »Erst verlieren Sie Ihre Gebärmutter, und dann verlassen Sie ihn wegen Nodderman.«

Rita nickt und starrt schweigend auf die Fotos. Es sei ihr nicht um Nodderman gegangen, möchte sie ihm sagen, sondern sie habe der Welt begreiflich machen wollen, daß man auch um eine Gebärmutter trauern kann. Eigentlich ist ihr erst hinterher bewußt geworden, denkt sie, wie tief der Verlust sie getroffen hat. Aber der Mann ist ja Detective und weiß das alles vermutlich selbst.

Sie greift nach dem Foto einer Frau auf einem blutverschmierten Sofa, zu deren Füßen ein toter Hund liegt. Die Verzweiflung darüber, daß sie wegen einer verschwundenen Gebärmutter so schrecklich leiden muß, steht dieser Frau ins Gesicht geschrieben.

»Ist diese Frau eine Leidensgenossin?« fragt der Detective, als wittere er Anzeichen einer Verschwörung.

Rita hebt ihren nackten Fuß und massiert sich den Knöchel. Endlich hat sie sich von den roten Pumps befreit.

»Gewissermaßen«, antwortet sie, aber selbst sie ist sich nicht ganz sicher.

Der Detective trinkt einen großen Schluck Kaffee und betrachtet sie mit zusammengekniffenen Augen. Als das Verhör beendet ist, hält Rita im Gewimmel der Reporter nach Adele Ausschau, doch die Blitzlichter blenden sie. In einiger Entfernung entdeckt sie Nodderman, der seine Brille zurechtrückt und ein Lächeln für die Kamera aufsetzt. Einen Augenblick lang denkt sie an ihren ersten Auftritt in seiner Sendung, an sein schimmerndes weißes Haar und seine Finger, die über den Reifenabdruck auf ihrer Hand geglitten waren. Sie hatte tatsächlich geglaubt, er könne ihr helfen, ihre Gebärmutter zu finden, doch jetzt begreift sie, daß auch er – egal wie hoch seine Einschaltquoten sind – außerstande ist, ihr zu helfen, da er den Schmerz einer Frau nicht wirklich nachempfinden kann.

Auf dem Rückweg zum Büro des Detectives, wo sie eine schriftliche Aussage über ihr Leben auf der Flucht machen soll, hört Rita im Geschrei der Reporter Noddermans Stimme.

»He, Rita«, fragt er augenzwinkernd, »was würden Sie sagen, wenn ich Ihre Gebärmutter gefunden hätte?«

Eine Zeitlang ist es still, dann hallt Ritas klare, ruhige Stimme über den Flur des Polizeireviers.

»Ich würde sie höflich bitten«, sagt sie mit einem Seitenblick auf die Reporter, deren Erektionen nicht zu übersehen sind, »sie mir zurückzugeben.«

Der Detective führt sie in sein Büro, und sie sitzt eine kleine Ewigkeit vor den leeren Blättern, die sie mit ihrem Bericht über die verschwundene Gebärmutter und den daraus entstandenen Problemen füllen soll. Nach allem, was passiert ist, denkt sie mit gequältem Lächeln, weiß sie einfach nicht mehr, wo sie anfangen soll.

Obwohl man ihr versichert hat, sie stehe nicht auf der Fahndungsliste, fühlt Rita sich wie eine Verbrecherin. Die Fotos des toten Bluters lassen sie an ihren moralischen Prinzipien zweifeln. Ob es wohl strafbar ist, überlegt sie, daß man nicht nur seinen Uterus verloren, sondern überdies die *Nodderman Show* vorzeitig verlassen hat? Im Büro fragt sie den Detective, ob er ihr Handschellen anlegen wolle, doch er meint, das sei nicht nötig.

»Es ist kein Verbrechen, seine Gebärmutter zu verlieren«, sagt er mit ausdrucksloser Stimme, »sondern schlicht und einfach eine Tragödie.«

Trotzdem kann sie es sich nicht verkneifen, die Handschellen anzuprobieren, als er kurz das Zimmer verläßt, um auf die Toilette zu gehen. Er bittet sie, inzwischen ihre Aussage schriftlich zu Papier zu bringen, und legt eine ganze Reihe weicher Bleistifte mit langen rosa Radiergummis für sie bereit. Sie läßt ihre Handgelenke in die Fesseln gleiten und schreibt auf, was ihr gerade einfällt, obwohl die Gelenke schmerzen und ihre Schrift verkrampft und eckig aussieht.

DIE VERSCHWUNDENE GEBÄRMUTTER:
EINE AUSSAGE VON RITA,
EINER EINUNDDREISSIGJÄHRIGEN
GEBÄRMUTTERLOSEN FRAU

Ich habe meine Gebärmutter irgendwann am frühen Mittwochnachmittag verloren, wahrscheinlich vor Reynold's Schuhgeschäft. Seitdem ist mein Leben eine einzige Kette von Pannen. Ich kenne mich selbst nicht mehr. Die verschwundene Gebärmutter hat bei anderen Frauen, verheirateten und alleinstehenden, jungen und alten, alle möglichen Krisen ausgelöst. Ich glaube, daß ich dafür die Verantwortung trage. Meine Achtlosigkeit hat mich ruiniert.

Kurz nach meinem Treffen mit Nodderman und dem Auftritt in seiner Sendung schöpfte ich zum ersten Mal Hoffnung, die Gebärmutter könne wiederauftauchen. Jetzt denke ich das nicht mehr. Weitere Opfer der Tragödie sind mein Ehemann George, meine Freundin Adele, ihr Freund Leonard, eine Frau namens Lucy und ihr inzwischen verstorbener Hund sowie ein junger Bluter, den ich zwar nie kennengelernt habe, der sich jedoch mit einer Plastiknachbildung meiner Gebärmutter das Leben genommen hat. Ich möchte mich darüber hinaus bei Mr. Nodderman und seinen Zuschauern entschuldigen sowie bei einem Mann, der mir in einem Brief versprochen hat, er wolle mir etwas Gutes tun. Ich übergebe diese Aussage der Polizei, die hoffentlich die Suche nach meiner Gebärmutter fortsetzen wird. Der Verlust der Gebärmutter ist immerhin etwas ganz Entsetzliches.

gez. Rita

Als der Detective zurückkommt, lächelt Rita ihn an und streckt ihm ihre gefesselten Hände entgegen. Er bittet sie inständig, sie abnehmen zu dürfen, doch Rita besteht darauf, die Handschellen zu tragen. Sie seien ein Symbol für die Fesseln ihres Frauendaseins, sagt sie. Er als Detective müßte das doch besser wissen als jeder andere.

19

Ein paar Türen weiter sitzt Adele im Büro eines Sergeants und hofft, einen Blick auf Nodderman zu erhaschen. Obwohl sie inzwischen weiß, daß er nicht der Mann ist, für den sie ihn einmal gehalten hat, schlägt ihr das Herz bis zum Hals, als sie ihn im Gewimmel der Reporter entdeckt. Seit der Nacht mit Rita im Motel sieht sie ihr Leben in einem anderen Licht. Zum ersten Mal seit vielen Jahren hat sie nicht mehr das dringende Bedürfnis, den Fernseher einzuschalten, und selbst die *Nodderman*-Titelmelodie versetzt sie nicht mehr in Erregung. Ihre verschlossene Vagina hat ihrem Leben eine bis dahin unbekannte Bedeutung verliehen. Sie sehnt sich nicht mehr nach Sex bei Talk-Shows. Nie wieder wird sie sich in einen Zimmermann wie Leonard verlieben. Ihr einziger Wunsch ist jetzt, daß ihre Vagina sich wieder öffnet, damit sie entscheiden kann, ob sie Nodderman hineinläßt oder nicht. Der Zugang zu ihrer Vagina ist inzwischen allen Männern ein wichtiges Anliegen.

»Bevor die Gebärmutter verschwunden ist«, erzählt sie dem Sergeant, »hätte ich mir nie träumen lassen, daß ich Nodderman mal kennenlerne.«

Der Sergeant nickt und hackt ihre Aussage in die Schreibmaschine. Adele sagt, sie sei froh, daß er die Sätze formuliert und sie die Aussage nicht selbst schreiben muß.

Sie hat das Gefühl, sich in Noddermans Nähe nicht verständlich ausdrücken zu können.

»Inzwischen weiß wahrscheinlich jeder, was mit mir los ist«, sagt sie seufzend.

Zuerst erzählt sie ihm von Harry und ihrer Angst vor seinen Erektionen, dann von der Affaire mit Leonard vor dem Fernseher. Die ganze Geschichte möchte sie noch nicht verraten, sagt sie. Es wäre ihr lieber, wenn Rita erzählt, wie sich ihre Vagina verschlossen hat.

»Sie lebt ohne Gebärmutter«, sagt Adele, »deshalb sollte sie für uns alle sprechen.«

Der Sergeant will wissen, was sie ihm über Lucy sagen kann, die Frau die blutet, seit Rita und Adele verschwunden sind. Steht sie in irgendeiner Verbindung mit ihnen, fragt er, oder ist sie nur ein unglückliches Opfer übermäßigen Fernsehkonsums? Adele betrachtet das Foto des toten Hundes und stößt einen tiefen Seufzer aus. Sie denkt an Leonard, seinen Bohrer und die kleinen Fetzen ihrer Vagina, die in ihrer Wohnung herumgeflogen sind. Die Zeit der einfachen Antworten ist vorbei.

»Vielleicht weiß Nodderman Rat«, sagt sie schließlich. »Ich habe so viel durchgemacht, daß ich dazu nichts mehr sagen kann.«

Unter der Bedingung, daß sie ihn sofort anruft, wenn ihr doch noch etwas einfällt, läßt der Sergeant sie schließlich gehen. Sie erklärt sich damit einverstanden, obwohl sie weder eine Nachsendeadresse noch eine Telefonnummer hat. Mit ein bißchen Glück hofft sie, bei Nodderman wohnen zu können, auch wenn Rita das nicht gefallen wird, sagt sie.

»Vielleicht öffnet sich wenigstens meine Vagina wieder, selbst wenn die Gebärmutter nicht mehr auftaucht«, sagt sie.

Der Sergeant wünscht ihr alles Gute und hält ihr die Tür auf. Hinter einem Pulk von Reportern wartet Nodderman auf sie, doch Rita ist nirgends zu sehen. Als Adele sich einen Weg durch die Menge bahnt, sieht sie, wie Rita in Handschellen fotografiert wird. Sie will sich zu ihr durchkämpfen und ihr sagen, daß es keinen Grund gibt, sie zu bestrafen, doch Nodderman packt sie am Arm und zerrt sie fort.

»Was ist mit Rita?« fragt sie. Nodderman antwortet nicht. Er führt sie zu seiner Limousine und überreicht ihr eine Schachtel mit einer roten Schleife.

Einen Augenblick lang denkt sie, daß die Gebärmutter darin verpackt ist; daß sie den Deckel heben und sie vor ihr liegen wird, rosa und glänzend, und daß ihre Vagina aufplatzen wird. Statt dessen findet sie das Halsband des toten Hundes, einen an den Nähten abgeschabten Lederriemen.

»Mit den besten Wünschen für einen Neuanfang«, sagt Nodderman.

Sie steigt in die Limousine und schweigt, während er die Tür schließt. Sofort beginnt er, sie mit seinen bleichen Händen zu streicheln, sein weißes Haar schimmert vor den dunklen Ledersitzen. Schließlich preßt er seinen ganzen Körper an Adele, als könne ihm irgendein Zauber den Weg freimachen. Doch ihre Vagina bleibt verschlossen, selbst dann, als er ihr die Titelmelodie ins Ohr brüllt.

Lucy hat das alles ganz anders in Erinnerung.

Sie sitzt im Büro des Detectives und liest die Aussagen, die Adele und Rita bei der Polizei gemacht haben. Rita ist die Frau, die ihre Gebärmutter verloren hat, und vielleicht sollte man sie nicht von jeder Schuld freisprechen. Schließlich hinterlassen weder Rita noch Adele ständig eine Blutspur. Die können doch jedem sonstwas erzählen, sagt sie, während sie nirgendwo unentdeckt bleibt.

Der Detective erklärt ihr, Rita habe darauf bestanden, daß man sie wie eine gewöhnliche Kriminelle im Gefängnis behält, obwohl sie keines Verbrechens beschuldigt wird. Die Unfruchtbaren Gebärmütter haben eine Wache vor dem Revier aufgestellt und wollen erst dann wieder abziehen, wenn die Gebärmutter gefunden ist. Das Leiden müsse endlich aufhören, fordern sie. Der Detective sagt, vielleicht könne Lucy das berücksichtigen.

»Der Verlust der Gebärmutter hat uns alle getroffen«, fügt er seufzend hinzu.

Lucy reibt sich die Augen und schüttelt den Kopf. Wie kommt der Detective nur auf die Idee, er könne verstehen, was es für eine Frau bedeutet, in einer Welt zu leben, in der man eine Gebärmutter wie einen alten Pantoffel verliert? Kein Mann kann einen solch tiefen Schmerz nachvollziehen. Sie muß an die arme, in Zeitungspapier gewickelte Sophia denken. Rita tut ihr schrecklich leid, sagt sie, doch ihre eigenen Probleme sind ihr wichtiger. Wenn die Gebärmutter nicht verschwunden wäre, könnte ihr Hund noch am Leben sein.

»Wäre ich doch nur ein bißchen vorsichtiger gewesen«, sagt sie mit zitternder Stimme. »Mein Hund kommt schließlich nie mehr zurück. Die Gebärmutter taucht vielleicht wieder auf.«

Der Detective fragt, ob sie das Rita nicht persönlich erzählen wolle, doch Lucy lehnt ab. Sie will unbedingt in ihre Wohnung zurück und warten, daß die Blutung aufhört. Und sie hofft, daß Nodderman noch nicht aufgegeben hat. Als sie aufsteht, um zu gehen, ist ihr Hosenboden blutgetränkt. Bei dem Versuch, es abzuwischen, füllen sich ihre Handflächen mit Blut, wie Stigmata. Neben der Tür hinterläßt sie einen dicken roten Händeabdruck auf der weißen Wand, als wolle sie den Detective bitten, sie nicht zu vergessen. Es freut sie, daß der Abdruck das makellose Weiß der Wand befleckt. Sie überlegt, ob sie auf den Anrufbeantwortern ihrer früheren Liebhaber eine neue Nachricht hinterlassen soll. Mit zarter Stimme wird sie ihnen erzählen, daß sie inzwischen ohne das Klingeln des Telefons leben kann. Erst seit dem Verlust ihres Hundes weiß sie, was es heißt, sich intakt zu fühlen.

Sie geht langsam nach Hause, ihre roten Pumps klacken auf dem Gehsteig, das Blut tropft. Ein Rudel Hunde verfolgt sie bis zu ihrer Haustür und beginnt wie wild zu bellen, als sie hinein will.

»Ganz ruhig«, sagt sie und tätschelt ihnen die Köpfe.

Sie läßt sie vor der Tür zurück, wo sie schwanzwedelnd das Blut auflecken, das auf die Stufen und den Gehsteig getropft ist.

- 21 -

In ihrer Gefängniszelle träumt Rita, daß sie schwanger ist. Sie hat einen dicken Bauch bekommen, über den sich dunkle Streifen ziehen, die aussehen wie Tropfen aus purpurrotem Kerzenwachs. Wer der Vater ist, weiß sie nicht genau, doch sie hegt den Verdacht, daß Nodderman sich über sie hergemacht hat. Auf ihrem Bauch und in ihrer Unterhose hat sie weiße Haare entdeckt.

»Ihr weißhaarigen Männer seid doch alle gleich«, sagt sie angeekelt.

Als Arzt verkleidet betritt der Detective die Zelle. Mit seinem grünen Kittel und dem Stethoskop um den Hals, denkt Rita, wirkt er sehr überzeugend. Sie liegt in Handschellen mit gespreizten Beinen auf dem Fußboden und bekommt eine Wehe nach der anderen. Die Schmerzen sind so heftig, daß sie sie bis zum Hals spürt. Ihr Bauch hebt und senkt sich unter der weißen Bluse.

»Ich glaube, jetzt kommt es«, sagt sie, doch der Doktor/Detective steht nur mit verschränkten Armen da. Selbst als sie anfängt zu schreien, rührt er sich nicht.

»Sehen Sie denn nicht, daß ich Schmerzen habe?« fragt sie. Er lächelt und zuckt mit den Schultern.

Das Baby flutscht aus ihr heraus und landet mit einem dumpfen Schlag auf dem Betonboden. Sie hört, wie Nodderman applaudiert, sein weißes Haar steht zu Berge. Das Baby liegt bewegungslos auf dem Fußboden. Noch bevor sie es hochheben kann, weiß sie, daß es tot ist. In diesem Augenblick entdeckt sie George, der sich in einer Ecke der Zelle versteckt hat. Sein Mund steht offen, das Gesicht ist tränenüberströmt, und er stößt schrille, kindliche Schreie aus. Sie versucht, sich von den Fesseln zu befreien, doch das Jammern hört nicht auf und wird nur durch das scharrende Geräusch ihrer Handschellen auf dem Boden gedämpft.

Als sie aufwacht, bittet sie den Detective um eine Schüssel Cereal. Sie hat schon lange keine Lust mehr darauf gehabt, sagt sie, doch der Traum hat ein starkes Verlangen nach frischer, kalter Milch geweckt. Am liebsten wären ihr Cheerios, sagt sie, aber sie äße auch jede andere Sorte.

»Cheerios haben mir über die schlimmste Zeit hinweggeholfen«, erklärt sie mit einem schüchternen Lächeln.

Sie fragt den Detective, ob er sich neben sie setzen könne, während sie ißt. Es ist schon lange her, daß sie einen Mann in ihrer Nähe haben wollte, erklärt sie. Nach ihrer Flucht aus der *Nodderman Show* hat sie so selten an George gedacht, daß sie sich fragt, ob sie außer der Gebärmutter vielleicht nichts zusammengehalten hat. Seit er keine Erektionen mehr bekam, hat er sich wie ein Besessener auf die Kunst gestürzt. »Er wollte nur noch Bilder von seinem früher so prachtvollen Penis zeichnen«, sagt sie. Der Gedanke reizt sie zum Kichern, doch sie unterdrückt das Bedürfnis.

»Das zeigt doch nur, auf wie vieles man verzichten kann«, sagt sie. Der Detective nickt und kritzelt etwas in seinen Dienstblock, als würde er ein Diktat aufnehmen.

Als sie das Cereal fast aufgegessen hat, betrachtet sie die Milch auf dem Grund der Schüssel. Der Detective starrt Rita mit hungrigen Augen an, der Reißverschluß spannt sich über der Ausbuchtung in seiner Hose. Einen Moment lang überlegt sie, ob er mit ihr schlafen möchte, macht sich dann jedoch klar, daß er, wie alle Männer, nur scharf auf die Milch ist. Wortlos reicht sie ihm die Schüssel und schaut zu, wie er den Kopf in den Nacken legt und trinkt, während sein Adamsapfel vor Vergnügen hüpft. Sie legt ihre gefesselten Hände auf seinen Oberschenkel und lauscht dem Gurgeln der Milch in seiner Kehle. Es geschieht nur noch selten, daß sie innerlich zur Ruhe kommt, denkt sie. Solche Augenblicke sollte sie wirklich genießen.

In dieser Nacht kommt der Detective zu ihrer Zelle und schlägt mit seinem Gummiknüppel an das Gitter. Rita setzt sich kerzengerade auf ihrer Pritsche auf. Ihr langes Haar ist im Nacken noch immer gewellt, weil sie es viele Monate zu einem Knoten geschlungen hatte. Zum ersten Mal seit Wochen fühlt sie sich völlig überrumpelt, als habe man sie in einem Augenblick erwischt, wo sie keine Möglichkeit hat, in ihre roten Pumps zu schlüpfen und der Kamera ihr schönstes Lächeln zu schenken. Sie streicht mit den bloßen Füßen über den Betonboden.

»Was ist los?« fragt sie. Ihr Herz hämmert, schlägt immer schneller. Es scheint fast, als wisse sie schon, was er sagen will, ehe er den Mund aufmacht.

»Jemand hat Ihre Gebärmutter gefunden«, flüstert er. »Diesmal ist sie es wirklich.«

Als er ihre Handschellen aufschließt, spürt sie nur die Erleichterung, die Gelenke wieder frei bewegen zu können. Sie schüttelt die Hände, um das Kribbeln loszuwerden. »Die Erstarrung spürt man erst«, erklärt sie dem Detective, »wenn die Empfindungen zurückkehren. Man merkt gar nicht, wie lange man schon nichts mehr gefühlt hat.«

Der Detective nickt. Gemeinsam gehen sie den langen Flur entlang bis zu einer Tür, auf der in akkuraten schwarzen Buchstaben ASSERVATENKAMMER steht. Erst als der Detective nach ihrer Hand greift, als seine Finger sich um ihre schließen, merkt sie, daß der Reifenabdruck auf ihrer Hand fast verschwunden ist.

GEBÄRMUTTER GEFUNDEN
NACH DREI MONATEN AUF FREIEM FUSSE!
Frauen im ganzen Land begeistert!

Die von einer Frau in der *Nodderman Show* vor drei Monaten als vermißt gemeldete Gebärmutter wurde heute – Ironie des Schicksals – auf dem Parkplatz der Mall gefunden. Die Gebärmutter soll von einem sechsjährigen Mädchen und ihrer ledigen Mutter auf dem Heimweg von der Mall gefunden worden sein. Nach Aussage der Frau war es ihre kleine Tochter Ruth, die die Gebärmutter entdeckt hat.

Die beiden hatten den Tag mit Einkäufen in der Mall verbracht und wollten gerade nach Hause fahren, als das Mädchen seine Mutter daran hinderte, rückwärts aus der Parklücke zu stoßen und die mittlerweile berühmte Gebärmutter zu überfahren. »Wenn Ruthie nicht gewesen wäre«, erzählte die Mutter den Reportern, »hätte ich sie mit Sicherheit zerquetscht.« Die Gebärmutter wurde als rund und rosa beschrieben, mit mehreren Einbuchtungen an den Seiten und in der Mitte. Der Polizei zufolge läßt sich keine Aussage darüber treffen, welche Verletzungen die Gebärmutter erlitten hat, ehe sie von einem Gynäkologenteam und von ihrer Eigentümerin Rita untersucht worden ist.

Rita, die ihre ergreifende Geschichte zum ersten Mal in der *Nodderman Show* erzählte, erholt sich im Bezirksgefängnis, ihrem derzeitigen Wohnsitz. Obwohl Rita nicht persönlich Stellung nehmen konnte, gab Mr. Rod Nodderman im Namen von Rita und den anderen betroffenen Frauen, die der Öffentlichkeit als Adele und Lucy bekannt sind, eine Erklärung ab.

»Die Gebärmutter ist in Sicherheit«, sagte Nodderman in einer kurzen Erklärung. »Was das für uns alle bedeutet, ist noch offen.«

Es ist noch nicht bekannt, ob Adeles Vagina sich wieder geöffnet oder Lucys Blutung endlich zum Stillstand gekommen ist. Aus Solidarität verkündete eine Frauengruppe, die sich »Die unfruchtbaren Gebärmütter« nennt, dieser Tag solle alle Frauen stets daran erinnern, wie wenig Kontrolle sie über ihren Körper haben. Auf die Frage, warum die Gebärmutter erst jetzt gefunden worden sei, obwohl sie doch die ganze Zeit auf dem

Parkplatz gelegen hätte, antwortete der ehemalige Chef des Wachdienstes, der nur seinen Vornamen Harry preisgab, folgendes:

»Es sieht ganz so aus, als hätten wir nur an den falschen Stellen gesucht. Möge Gott uns vergeben.«

Die Polizei hat die Frauen aufgefordert, weiterhin in der Mall einzukaufen und sich keine Sorgen mehr um die Sicherheit ihrer Gebärmütter zu machen. »In der Mall droht keine Gefahr«, versicherte ein Lieutenant, doch die Frauen aus der Gegend sagen, man könne inzwischen nicht mehr vorsichtig genug sein.

Adele und Nodderman versuchen, miteinander zu schlafen,
als die Nachricht sie erreicht. Nodderman kniet zwischen
ihren Beinen und preßt seinen weißhaarigen Kopf gegen
ihre faltenlose Vagina, als das Telefon klingelt. Die Nummer
von Noddermans Privatanschluß ist nur seinem Produzenten und einigen seiner Mitarbeiter bekannt. Wenn ihn jemand unter dieser Nummer anruft, muß es etwas Wichtiges
sein.

»Hallo«, keucht er in die Muschel. Sein Haar ist zerzaust,
steht in filzigen Büscheln vom Kopf ab. Adele stützt sich auf
die Ellbogen und betrachtet ihn. Noddermans weiße Mähne
vor ihrer verschlossenen Vagina ist ein würdevoller Anblick. Selbst Leonard mit seinen Bohrern und seiner Schutzbrille war nicht so beharrlich. Leonard besaß zwar nicht
Noddermans Finesse, überlegt sie, dafür aber eine Leidenschaft, die ihn liebenswert machte. Im Rückblick denkt sie,
daß sie Leonard vielleicht sogar charmant gefunden hätte,
wenn sie nur einmal richtig die Augen aufgemacht hätte.

Nodderman preßt den Hörer ans Ohr und stößt einen
Freudenschrei aus. Unwillkürlich greift Adele sich zwischen
die Beine, weil sie denkt, ihre Vagina habe sich wieder geöffnet. Was hätte wohl sonst eine solche Aufregung verursa-
chen können? Doch bei flüchtigem Betasten stellt sie fest,

daß sie so fugenlos verschlossen ist wie an dem Tag, als Leonard und sie Rita zum ersten Mal im Fernsehen gesehen haben.

Was für ein Tag. Sie weiß noch, wie sie auf dem Bett lag, in ihrem Teddy mit offenem Schritt, während Noddermans Gesicht den Bildschirm füllte. Und jetzt liegt sie im Schlafzimmer seines Schicki-Micki-Hauses und hat ihn in voller Lebensgröße vor sich. Wie doch ein einziger Tag das ganze Leben auf den Kopf stellen kann, überlegt sie. Sie denkt an Rita in ihrer Zelle, in Handschellen und weißem T-Shirt, und an den schwarzen Leichensack, in dem der Bluter lag. Was geht dabei wohl in Nodderman vor? Manchmal würde sie das wirklich gern wissen, doch sie kann ihn nie fragen, denn entweder klingelt das Telefon, oder er preßt den Kopf zwischen ihre Beine.

Nodderman legt den Hörer auf und packt sie bei den Oberarmen. Er keucht, sein Atem geht flach. Sie spürt seine Aufregung, die Augen glitzern, das weiße Haar steht zu Berge. Langsam und vorsichtig nimmt sie ihm die Brille ab und sieht direkt in seine durchdringenden blauen Augen. Während sie seine Hornbrille zwischen den Fingerspitzen hält, spürt sie deutlich, daß sie sich noch lange an diesen Augenblick erinnern wird. Das Gefühl, gefilmt zu werden, ist so stark, daß sie am liebsten einen Blick über die Schulter werfen würde, um sich zu vergewissern, daß kein Kameramann hinter ihr steht.

»Man hat sie gefunden«, sagt er und zieht sie an sich. Er vergräbt sein Gesicht zwischen ihren Brüsten, sein weiches weißes Haar kitzelt die zarte Haut ihrer Brustwarzen. Das Gefühl ist durchaus erotisch, genügt aber leider nicht, um

ihre Vagina wieder aufspringen zu lassen. Die Nachricht hat
eigentlich nichts bei mir ausgelöst, denkt sie, während sie
Noddermans Kopf sanft auf ihre Brust drückt.

In fliegender Eile packen sie Noddermans Mikrofon und
Make-up-Köfferchen zusammen sowie Adeles roten Teddy,
den sie für eine solche Gelegenheit aufgehoben hat. Mit we-
henden Haaren rennen sie zur Limousine, Adeles rote
Pumps klappern resolut über das Pflaster. So aufgeregt war
sie nicht mehr, seit sie mit Rita weggelaufen ist und sie näch-
telang Bonbons gegessen und sich gegenseitig Horrorge-
schichten über Geburten erzählt haben.

»Stell dir bloß mal vor, wie du dich öffnest«, hatte Rita
gesagt und sich ein neues Bonbon in den Mund geschoben.
»Dein Innerstes reißt auf, um einem anderen Menschen den
Weg in die Welt freizumachen. Danach bist du doch nur
noch ein Schatten deiner selbst.« Adele wußte, daß Rita
keinen Kommentar erwartete.

In der Limousine greift Adele nach Noddermans Hand
und öffnet das Fenster. Der Wind fährt in ihr Haar und
peitscht es Nodderman ins Gesicht. Das scheint ihn nicht
zu stören, er streicht es nur geistesabwesend zur Seite.

»Ich möchte dir eine Geschichte erzählen«, sagt sie und
berichtet, was sie von Rita in der Nacht gehört hat, als der
Bluter tot aufgefunden wurde. Es ist die Geschichte einer
Frau, die ihr Kind auf dem Boden ihres Badezimmers geboren hatte, während sie auf den Krankenwagen wartete. Ihr
Mann war nicht zu Hause, und sie mußte das Baby in die
New York Times einwickeln, bis Hilfe kam. Als man sie später fragte, ob sie Angst gehabt hätte, erwiderte die Frau, sie
habe durchgehalten, weil sie folgendes sah: Ihre Vagina öff-

nete sich wie ein riesiger Mund, das Baby war mit Drucker-schwärze aus dem Sportteil beschmiert. Ihr Bauch war voller Aktienkurse, sagte sie, und ein Foto des lächelnden Bürger-meisters klebte auf dem Fußboden des Badezimmers.

Die Frau wußte, daß sie mit ihrem Elend nicht allein war, erklärt Adele. Und diese Gewißheit habe sie durchhalten lassen. Selbst Nodderman könne sich sicher vorstellen, was das für ein Gefühl sei.

23

Harry und Marty sind in einer Bar, trinken Gin und Tonic und unterhalten sich über Damenschuhe. Das einzige unverfängliche Thema, das noch geblieben ist, bemerkt einer der Männer in der Bar. Dafür haben die Frauen schon gesorgt.

Harry lehnt an seinem Barhocker und schaut hinüber zu dem Fernseher auf der gegenüberliegenden Seite der Bar. Wegen des Rauchs und der lauten Musik aus der Jukebox kann er nicht verstehen, was der Reporter sagt, aber das ist auch nicht nötig. Der Satz des Reporters steht allen ins Gesicht geschrieben, sie brauchen gar nichts mehr zu sagen.

»Sie haben die Gebärmutter gefunden«, sagt der Barkeeper, während er Harry einen neuen Drink einschenkt. »Die aus der *Nodderman Show*.«

Harry nickt nur und hört Marty zu, der sich über die Inventur im Schuhladen ausläßt. Er habe noch nie eine derart stürmische Begeisterung für Pumps erlebt, sagt er. Selbst er sei nicht davon verschont geblieben, setzt er mit ungläubigem Kopfschütteln hinzu.

»Ich habe sogar von deiner Freundin geträumt«, sagt Marty und errötet vor Verlegenheit. »Natürlich mit allem angemessenen Respekt. Die faltenlosen Jeans waren eine Augenweide.«

Harry nimmt einen großen Schluck und überlegt, ob Adeles Vagina sich wieder geöffnet hat. Wenn er an die ersten Nächte zurückdenkt, in denen sie Alpträume wegen seiner Erektionen hatte, tauchen in seiner Erinnerung nur verschwommene Bilder auf. Vielleicht war die Vagina die ganze Zeit verschlossen, denkt er und versucht sich vorzustellen, was es für ein Gefühl war, in ihr zu sein. Doch so sehr er sich auch bemüht, er bekommt keine Erektion mehr. Abends schreibt er Briefe, schaut sich Sendundgen im Kabelfernsehen an und sieht selbst dann noch Ritas Gesicht auf dem Bildschirm, wenn der Fernseher ausgeschaltet ist. Manchmal schläft er mit dem Gedanken ein, sie sei im selben Raum wie er und ihre beschädigte, mit Kies bedeckte Gebärmutter läge in einer Ecke seines Schlafzimmers unter seiner Dienstmütze. In kalten Schweiß gebadet wacht er auf.

Marty klopft Harry auf den Rücken. »Jetzt fühle ich mich endlich wieder wie ein richtiger Mann. Aber ich sollte keine Schuhe mehr verkaufen.«

Harry nickt und betrachtet die anderen Männer in ihren Tweedanzügen, die fruchtbare junge Frauen im Arm haben. Sie sehen alle wie Nodderman aus, denkt er, obwohl keiner von ihnen weißes Haar hat. Selbst Marty mit seinem gediegenen Schlips und seinem feinen Baumwollhemd sieht aus, als wäre er vom Fernsehen. Doch Harry kennt seine Aufgabe: Auch ohne seinen Job und die Frau seiner Träume wird er weiterhin die alten Männer verscheuchen, die vor den Schuhgeschäften herumlungern und in dunklen Ecken wichsen. Irgend jemand muß sich schließlich darum kümmern.

»Bis später in der Mall«, ruft Marty auf dem Weg zur Tür.

Einen Augenblick lang ist Harry versucht, ihm zu folgen, er geht sogar zur Tür und schaut Marty nach, der mit wedelnden Armen die Straße entlangstolziert, als seien all seine Sorgen verflogen. Es käme ihm vor, als habe ihn die Gebärmutter mit einem Fluch belegt, hat er Harry erzählt, und jetzt, wo sie wieder da sei, fühle er sich endlich wieder lebendig.

Wenn das so einfach wäre, denkt Harry.

Er steht an der Bar und zählt in aller Ruhe das Geld für seine Rechnung ab. Langsam glättet er die Scheine, dann faltet er jeden einzelnen Dollar so, daß das Gesicht auf der Vorderseite säuberlich in der Mitte gefaltet ist. Als er den letzten Dollar hervorzieht, bemerkt er die tiefen Rillen, die sein Kugelschreiber auf der Rückseite des Scheins hinterlassen hat. *Wenn Sie nur gewollt hätten*, steht da unter Washingtons Konterfei, *hätte ich Ihnen etwas Gutes tun können*.

Rita und der Detective halten sich bei der Hand, als das Gynäkologenteam eintrifft. Die Ärzte sind damit einverstanden, die Gebärmutter in Ritas Zelle zu untersuchen, die sie mit weißen Rüschenvorhängen und einem großen Transparent mit der Aufschrift *Willkommen zu Hause* dekoriert hat. Eine Gefängniszelle ist ein denkbar ungeeigneter Ort, bemerkt einer der Gynäkologen, doch Rita besteht darauf, daß die Gebärmutter unter ihrem eigenen Dach inspiziert wird, und das sei nun einmal zur Zeit das Bezirksgefängnis.

»Meine Gebärmutter und ich wollen uns wie zu Hause fühlen«, erklärt sie. »Nach allem, was wir durchgemacht haben, ist das wohl nicht zuviel verlangt.«

Rita beobachtet, wie einer der Gynäkologen die Gebärmutter hochhebt und ins Licht hält. Im trüben Schein der 60-Watt-Birne, die von der Decke hängt, kann sie erstaunlich viel sehen. Sie erkennt die Einbuchtungen, die etwa in der Mitte des kleinen Organs eine merkwürdige Krümmung hinterlassen haben, in der das einst kräftige Rosa sich in ein mattes Rosenrot verwandelt hat. Der Detective drückt ihre Hand, die Handschellen bohren sich in ihren Oberschenkel. Rita entdeckt Blutspuren an der Außenseite der Gebärmutter und in ihrem bleichen Zentrum. Jemand hat sie benutzt, bevor sie selbst Gelegenheit dazu hatte.

Der Gynäkologe räuspert sich und notiert etwas auf seinem überdimensionalen Klemmbrett. Die anderen Ärzte nicken ihm zu und tätscheln ihm den Arm, als wollten sie ihm Mut machen.

»Es erscheint mir offensichtlich«, sagt der Arzt und betont jede Silbe, »daß eine andere Frau die Gebärmutter benutzt hat. Ich sehe die eindeutigen Anzeichen einer Schwangerschaft.«

Der Detective greift an sein Halfter, als wolle er die Gynäkologen erschießen. Rita hält seine Hand fest und legt ihm die Arme um den Hals. Sie drückt ihn fest an sich, fühlt seine stoppelige Wange an ihrem Gesicht, seine Erektion an ihrer Hüfte. Sie hat zwar den richtigen Mann gefunden, denkt sie, doch keine Gebärmutter mehr, um ihn glücklich zu machen.

»Detective«, sagt sie und streckt ihm die Handgelenke hin, damit er sie wieder fesselt. »Es hat nicht sollen sein.«

Ein paar Minuten später besprechen die Gynäkologen in allen Einzelheiten, wie sie die Gebärmutter einsetzen wollen. Sie wissen nicht genau, wie sie herausgerutscht ist, sagen sie, doch da es nun mal passiert ist, muß es auch möglich sein, sie wieder hineinzubekommen. Dazu brauchen sie besseres Licht und einen langen Metalltisch. Rita nickt kaum merklich und sieht den Detective an, dessen Gesichtszüge in der trüben Beleuchtung nicht zu erkennen sind. Als er die Handschellen in seine Hemdtasche stopft, lächelt sie. Die braucht sie jetzt nicht mehr, erklärt er ihr. Ein Leben ohne Gebärmutter ist schon Strafe genug.

Mit ruhiger Stimme teilt Rita den Gynäkologen mit, sie habe beschlossen, die Gebärmutter mitzunehmen und wieder ein normales Leben zu führen. Da die Gebärmutter bereits benutzt worden sei, könne sie endlich ohne Schuldgefühle leben. Sie brauche nicht wieder eingesetzt zu werden, fügt sie hinzu. Im Gegenteil, sie habe sich inzwischen daran gewöhnt, ohne Gebärmutter herumzulaufen.

»Offensichtlich hat eine andere Frau das Richtige mit ihr gemacht«, erklärt sie den Ärzten, schlüpft in ihre roten Pumps und wendet sich zum Gehen. Sie nimmt die Gebärmutter behutsam in beide Hände und verläßt die Zelle. Der Detective begleitet sie zum Ausgang und bietet ihr an, sie nach Hause zu fahren, doch sie sagt, das sei nicht nötig, da sie kein Zuhause mehr habe.

»Ich bin immer für Sie da«, sagt er lächelnd.

Sie stehen im hellen Sonnenlicht und schauen sich an. Was für freundliche blaue Augen er hat, denkt sie und erinnert sich daran, wie sie Nodderman am Tag ihres Auftritts in der Show zum ersten Mal vor sich sah. Sie spürt förmlich, daß der Detective sie versteht.

Auf dem Parkplatz küßt sie ihn und steigt in ihren Wagen. Vorsichtig legt sie die Gebärmutter auf den Beifahrersitz und dreht den Zündschlüssel. Der Motor springt mit einem lauten Surren an, die Gebärmutter reflektiert die Sonnenstrahlen und taucht das Wageninnere in ein Farbenmeer: Rosa, Rot, leuchtende Lilatöne. Sie winkt dem Detective zu und fährt aus der Parklücke, während die Gebärmutter auf dem Nebensitz hüpft.

»Ich hätte Ihnen etwas Gutes tun können«, flüstert der Detective. Doch Rita hört nur das Rauschen des Fahrtwindes durch das Autofenster und tritt mit ihren roten Pumps kräftig auf das Gaspedal.

- 25 -

Ein paar Monate später gibt Adele in der *Nodderman Show* bekannt, daß sie schwanger ist. Als sie sich eines Abends eine Aufzeichnung der Show anschaute, habe ihre Vagina sich plötzlich wieder geöffnet – vermutlich, weil eine Live-Sendung so aufregend ist. Auch Lucy sitzt im jubelnden Publikum; freudestrahlend verkündet sie, daß sie schon seit längerer Zeit keine Periode mehr gehabt hat. Sie möchte zwar eines Tages auch ein Kind haben, erklärt sie den Zuschauern, im Augenblick sei sie jedoch völlig zufrieden damit, Labrador-Welpen großzuziehen und im Namen ihrer verstorbenen Hündin Sophia, die während des Gebärmutterskandals ums Leben gekommen sei, Geld an Tierschutzorganisationen zu spenden.

»Sie lag auf dem Wohnzimmerteppich in meinem Blut. Diesen Anblick werde ich nie vergessen«, sagt sie mit tränenerstickter Stimme. »Doch die Liebe von Nodderman und seinem Publikum hat mir geholfen, ein normales Leben zu führen.«

Adele und Nodderman halten sich bei der Hand und lächeln in die Kamera. Adele ist um die Taille herum ein wenig fülliger geworden; die im Schritt offenen Teddys, die sie früher so gern getragen hat, passen ihr nicht mehr. Inzwischen ißt sie den ganzen Tag Bonbons und schaut sich zwischen Ausschnitten aus der *Nodderman Show* Videos über Geburten an.

»Was es bedeutet, ein Kind zu haben«, sagt sie, »weiß man erst, wenn man es in sich spürt.«

Nodderman drückt ihre Hand und geht mit seinem Mikrofon in den Zuschauerraum. Zielstrebig marschiert er auf die letzte Reihe zu, wo ein Mann mit einer Packung Cheerios auf dem Schoß und einer tief ins Gesicht gezogenen Dienstmütze sitzt. Der Mann nimmt Nodderman das Mikrofon aus der Hand und schnauft hinein. Sein rasselnder Atem dringt aus den Studiolautsprechern.

»Hast du mal von Rita gehört?« fragt er so leise, daß seine Stimme im aufgeregten Geschnatter des Publikums fast untergeht.

Auf der Bühne lehnt Adele sich lächelnd in ihren Sessel zurück. Obwohl sie, geblendet vom grellen Licht der Bühnenscheinwerfer, sein Gesicht nicht erkennen kann, weiß sie, daß es Harry ist. Sie denkt an ihre Angst vor seinen Erektionen, an ihr Leben mit Leonard und dessen Versuche, mit dem Bohrer in sie einzudringen. Sie würde Harry gern erzählen, daß sie oft an Rita denkt und an das erste Mal, als sie ihr Gesicht im Fernsehen sah. Daß sich ihre Vagina während einer *Nodderman Show* plötzlich verschlossen hat. Daß ihr die Abende im Motel und Ritas Geschichten über Geburten immer wieder einfallen, und daß sie beide rote Pumps getragen und Bonbons gegessen haben. Daß es ein furchtbarer Schock war, als eines Nachts die Polizeisirenen heulten und der Bluter in einem langen schwarzen Sack aus dem Motel getragen wurde. Manchmal bekommt sie Postkarten, aber immer ohne Absender. *Der Gebärmutter geht's prima*, steht darauf, in schwarzer Tinte und akkurater Schrift. *Tu Dir was Gutes.*

Doch sie weiß, daß sie Harry nichts davon erzählen kann. Statt dessen atmet sie tief durch und gibt die einzig mögliche Antwort.

»Nein, hab ich nicht«, sagt sie mit einem traurigen Lächeln. »Wie läuft's in der Mall?«

Nodderman gibt ihr mit einer Geste zu verstehen, daß es Zeit für einen Werbeblock ist. Sie nickt und nimmt das Mikrofon vom Revers. Lucy erzählt ihr eine Geschichte über Rita und die Suche nach dem perfekten Paar Schuhe, die sie vor kurzem gehört hat.

»Es heißt, sie ernährt sich ausschließlich von Eiern und redet ständig davon, ein Schuhgeschäft zu eröffnen«, sagt Lucy in einem weithin hörbaren Flüsterton. »Doch sie wird keinen Fuß mehr in eine Mall setzen.«

Adele nickt und preßt die Hände auf ihren angeschwollenen weißen Bauch. Sie alle könnten in puncto Mall ein bißchen kürzer treten, denkt sie. Das wenigstens haben sie von Rita gelernt.

- 26 -

Gegen Ende seiner Schicht bekommt der Detective eines Abends einen Anruf wegen eines Einbruchs in ein Schuhgeschäft. Normalerweise hat ein Mann in seiner Position mit Einbruchdiebstahl nichts zu tun, doch heute herrscht im gesamten Revier lebhafter Betrieb. Die Wiedersehensshow von Nodderman hat die Leute im Ort in helle Aufregung versetzt; selbst seine Kollegen sitzen schon den ganzen Tag wie gebannt vor dem Fernseher.

Der Polizeichef hat alle Beamten zu einer Besprechung gebeten, um sie auf Ausschreitungen vorzubereiten.

»Männer«, sagt er und schaut dabei dem Detective in die Augen, »wir können es uns nicht leisten, daß in dieser Stadt noch eine Gebärmutter verlorengeht. Und nach einer solchen *Nodderman Show* kann alles mögliche passieren.«

Der Detective nickt und trinkt einen großen Schluck Kaffee. Allein Ritas Name hat ein heftiges Verlangen nach Cheerios bei ihm geweckt, obwohl er seit ihrer Abreise auf Raisin Bran umgestiegen ist. Er hat noch genau vor Augen, wie sie in der Sonne stand und ihre eingedrückte Gebärmutter auf dem Beifahrersitz lag. Wie sie davonbrauste und ihn winkend zurückließ, während eine Auspuffwolke ihm die Tränen in die Augen trieb. Der bloße Gedanke erzeugt ein Kribbeln zwischen seinen Beinen.

Der Chief zieht den Detective beiseite und flüstert ihm etwas ins Ohr. »Fahren Sie mal schnell rüber zum Schuhgeschäft«, sagt er, die Lippen dicht an den Ohren des Detectives. »Aber überfahren Sie um Himmels willen keine Gebärmütter.«

Der Detective legt die Hand an die Mütze und verspürt den Drang, die Hacken salutierend zusammenzuschlagen, doch er reißt sich zusammen, bevor es zu spät ist. Er geht an den anderen Polizisten vorbei, die gebeugt auf ihren Stühlen sitzen, die Hand am Hosenschlitz. Das Licht aus dem Fernseher läßt alles, selbst sein Dienstabzeichen, eigenartig leuchten. Aus dem Augenwinkel sieht er Noddermans Haar auf dem Bildschirm schimmern, doch er zwingt sich, den Blick abzuwenden. Sie ist weg, sagt er sich. Sie und ihre Gebärmutter sind für immer verschwunden.

Im Schuhgeschäft gibt ihm ein Mann namens Marty einen ausführlichen Bericht des Tathergangs. Er hatte etwas später als gewöhnlich Mittagspause gemacht, erzählt er dem Detective, und wollte ein bißchen durch die Mall bummeln.

»Nach allem, was hier passiert ist«, sagt Marty mit leuchtenden Augen, »bedeutet mir diese Mall sehr viel.«

Der Detective nickt und schreibt etwas in seinen gelblinierten Notizblock. In einen solchen Block hat er vor nicht allzu langer Zeit Phantomzeichnungen von Ritas Gebärmutter in den diversen Stadien ihres jämmerlichen Zustands gezeichnet, es war derselbe Block, in den Rita ihre eidesstattliche Aussage mit Kugelschreiber gekritzelt hatte. Er kann kaum einen klaren Gedanken fassen, wenn Erinnerungen an Rita ihm den Kopf vernebeln. Doch er läßt nicht locker, wie jeder gute Polizist.

Marty führt den Detective in den Laden. Das Fensterglas ist zerbrochen; überall liegen geöffnete Schuhkartons herum, das Seidenpapier ist im ganzen Geschäft verstreut. Der Detective macht sich Notizen und wendet sich an Marty, dessen Atem unverkennbar nach Thunfisch riecht.

»Wie viele Paar Schuhe fehlen?« fragt er mit gezücktem Kugelschreiber und wartet auf Martys Antwort.

Marty hebt einen Fetzen Seidenpapier auf und schneuzt sich damit die Nase – eine Geste, die der Detective in Anbetracht des Ernstes der Lage seltsam ergreifend findet. Marty rückt dicht an den Detective heran und schüttelt den Kopf.

»Das ist es ja gerade«, sagt er, die Stimme kaum mehr als ein Flüstern. »Sie haben nichts mitgenommen.« Er holt tief Luft. »Sie haben nur alle Schuhe kaputt gemacht.«

Der Detective hebt die Augenbrauen, wie er das gelernt hat. Es sei wichtig, stets ein glaubwürdiges Minimum an Interesse zu zeigen, hat ihm der Chief einmal gesagt, auch dann, wenn man in Gedanken woanders ist. Er soll glauben, daß du ihm wirklich zuhörst, ermahnt er sich. Selbst wenn du nur noch Gebärmütter im Kopf hast.

Marty hebt einen der kaputten Schuhe auf und zeigt ihn dem Detective. Die Sohle ist völlig intakt, das rote Leder weich und unbeschädigt. Doch der Absatz ist abgerissen, an seiner Stelle sieht man nur noch Löcher und ein kreisrundes Stück Klebstoff.

»Sie kamen nach der *Nodderman Show* hierher«, sagt Marty. »Diesen Frauen hat's einfach gereicht.«

Der Detective inspiziert die anderen Räume, betrachtet die zerfledderten Schuhschachteln und die abgerissenen

Absätze, die überall herumliegen. Hier und da nimmt er einen Fetzen Seidenpapier aus einer Schachtel und beschnuppert ihn. Wie riecht wohl eine Gebärmutter? überlegt er. Wahrscheinlich so ähnlich wie Schuhe.

Als sein Dienstblock vollgeschrieben ist, schüttelt der Detective Marty die Hand und dankt ihm für seine Unterstützung. Es könne durchaus zu weiteren Ausschreitungen kommen, erklärt er Marty. In der Mall sei schließlich schon genug passiert. Doch im Augenblick, sagt er, bliebe nur die Hoffnung, daß Nodderman eine Lösung findet.

»Nach all der Aufregung«, fügt er hinzu und tätschelt Martys Arm, »wird Nodderman schon wissen, was zu tun ist.«

Er dreht sich um und verläßt den Laden, seine Absätze klacken über den Fußboden der Mall. Frauen in hochhackigen Pumps haben ihm immer gefallen, doch durch Rita könnte sich das geändert haben. Wenn er jetzt an sie denkt, sieht er sie barfuß oder in einem Paar Mokassins vor sich. Diesbezüglich hat sie ihn kuriert.

»Moment mal, Officer«, ruft Marty und fängt den Detective an der Tür ab, »glauben Sie, daß Rita irgendwas damit zu tun hat?«

Zum Abschied zückt der Detective seine Dienstmarke. Er denkt an Ritas weiße Handgelenke, ihre ans Zellengitter geketteten Hände. Wenn sie nur geblieben wäre, hätte er ihr vielleicht versprochen, ihr etwas Gutes zu tun.

Er lächelt Marty zu und schließt die Tür hinter sich, ohne ihm eine Antwort zu geben. Soll sie doch ein Geheimnis haben, denkt er. Das ist wohl das mindeste, was einer Frau ohne Gebärmutter zusteht.

Auf dem Parkplatz liegt ein Mann auf dem Boden, der ihm eine Zeichnung verkaufen will. Er liegt neben der Stoßstange seines Streifenwagens und hält ein großes Transparent hoch, das mit Kohlezeichnungen vollgeschmiert ist. Da der Detective glaubt, der Mann sei betrunken, bückt er sich, um ihm auf die Beine zu helfen, doch der Mann winkt ab.

»Wollen Sie das Bild meines Lebens kaufen?« fragt er den Detective mit einem schiefen Grinsen.

Als der Detective sich auf die Knie niederläßt, um die Zeichnung genauer zu betrachten, hält ihm der Mann das Papier so dicht vor die Augen, daß er kaum etwas erkennen kann. Der Detective holt tief Luft und bemerkt, daß der Mann unverkennbar nach Schuhleder riecht.

»Glauben Sie mir«, sagt der Mann und streckt erwartungsvoll die Hand nach dem Geld aus, »für diese Zeichnung habe ich mich völlig verausgabt.«

Der Detective ist müde; er fährt sich mit den Händen über das Gesicht und einigt sich mit dem Mann, die Zeichnung zu kaufen. Er hat Angst, im Dunkeln zu fahren, weil er mit der Möglichkeit rechnet, daß eine weitere Gebärmutter von einem Goodyear-Reifen plattgemacht wird. Er will nur noch nach Hause, den Kabelsender einschalten und in Ruhe und Frieden sein Cereal essen.

»Hier sind fünf Dollar, Kumpel«, sagt der Detective. »Damit Sie sich ein neues Leben malen können.«

Als er aus der Parklücke fährt, hört er den Mann hinter sich schrill auflachen, es klingt beinahe wie ein Schrei. Vor einer roten Ampel rollt er das Gemälde auf, sorgfältig darauf bedacht, das Papier nicht einzureißen. Als er es ins Licht hält, stockt ihm fast der Atem. Vor einem weißen Hintergrund sieht man den Penis eines Mannes, der von einem gigantischen Stöckelschuh zerquetscht wird. Unter der Zeichnung steht in riesigen Buchstaben: Ich habe versucht, gut zu sein, und was ist dabei herausgekommen?

Rita fährt auf einem Highway irgendwo in den Vereinigten Staaten, ihre Gebärmutter neben sich auf dem Beifahrersitz. Nach all den Monaten hat sie nur wenig von ihrer ursprünglichen Farbe verloren, obwohl die Sonne sie ein wenig ausgebleicht und das Hin- und Herrutschen im Wagen ihr ein paar weitere Beulen zugefügt hat. Rita hat bereits zweimal erwogen, sie einem Museum zu stiften, und einmal hätte sie die Gebärmutter am liebsten einer Frau mit sieben Kindern geschenkt, die sie in einem Schuhgeschäft getroffen hat. Eine Frau mit sieben Kindern, dachte sie, muß schließlich wissen, was man mit einer Gebärmutter anfängt. Nun hat Rita jedoch beschlossen, daß die Gebärmutter zu ihr gehört, daß ihr ein Platz an ihrer Seite gebührt – der Beifahrersitz. Selbst wenn sie nirgendwo lange geblieben sind, so waren sie doch immer füreinander da.

Sie fährt durch kleine Ortschaften, die wenig Verkehr und keine Malls haben. Nur manchmal übernachtet sie in Motels ohne Kabelfernsehen oder Telefon. Obwohl sie sich ab und zu fragt, was wohl gerade in der *Nodderman Show* läuft, widersteht sie der Versuchung, den Fernseher einzuschalten. Sie und die Gebärmutter verbringen die meiste Zeit im Wagen. Ich muß in Bewegung bleiben, denkt sie. Sie fährt barfuß und singt alte Helen-Reddy-Songs.

Sie muß oft an Adele denken, an Adele in ihren faltenlosen Jeans, an ihre vergnügliche Flucht. Einmal wollte sie Adele aus einer Telefonzelle vor einem Schuhladen anrufen. Die Schaufensterpuppe trug enge weiße Jeans und rote Pumps, die Nähte zwischen ihren Beinen waren so glatt wie Seide. Sie überlegt, was wohl aus George geworden ist, ob er inzwischen die Erinnerung an seinen früher so funktionstüchtigen Penis begraben hat und zu einer ruhigeren Art des Liebesspiels übergegangen ist, die ohne Penetration auskommt. In ihren Träumen verkauft George seine Zeichnungen am Straßenrand und hält den Passanten Vorträge über die Wichtigkeit der Gebärmutter.

»Passen Sie gut auf sie auf, egal, was passiert«, beschwört er sie. »Man weiß immer erst, was man an ihr hatte, wenn sie weg ist.«

George zeichnet knallrote Äpfel mit pastellfarbenem Hintergrund. Frauen kaufen seine Zeichnungen und hängen sie in der Küche auf. Sie seien eine ständige Erinnerung an den hohen Stellenwert der Fruchtbarkeit, sagen sie ihm.

Und manchmal denkt Rita an den Detective mit den freundlichen blauen Augen, der ihre Handgelenke massiert hat, nachdem ihre Fesseln abgenommen waren, und wie sich seine Augen weiteten, als er zum ersten Mal ihre Gebärmutter sah, voller Druckstellen und mit Kiesbröckchen gespickt. Kein Polizist der Welt könnte eine Frau vor dem schrecklichen Verlust ihrer Gebärmutter bewahren. Diesen Satz sagt sie sich jeden Tag.

Eines Tages hält sie vor einem Diner, um Adele eine Postkarte zu schreiben. Sie würde gern lange Briefe in einer schnörkeligen Schrift verfassen, in allen Einzelheiten beschreiben, wie sie die schillernden Farben ihrer Gebärmutter immer vor Augen hatte, und wie aufregend es ist, barfuß zu gehen. Doch statt dessen schickt sie ihr nur kurze Mitteilungen und achtet darauf, daß sie nie ihren Aufenthaltsort verrät. Sie weiß nämlich, daß Nodderman keineswegs davor zurückschreckt, in der Post zu schnüffeln.

Im Diner packt sie ihre Gebärmutter in die Handtasche und wäscht sich die Füße im Waschbecken der Damentoilette. Da sie immer ohne Schuhe geht, sind ihre Fußsohlen hart geworden und riechen wie altes Leder. Sie ist stets darauf bedacht, ihre Füße sauber zu halten. Als sie die Spülung betätigt, muß sie unwillkürlich daran denken, wie sie die Toiletten der Mall durchsucht hat, und welche Angst sie hatte, die Gebärmutter könne plötzlich mit einem Platsch im Porzellanbecken landen. Obwohl die Gebärmutter jetzt sicher in ihrer Handtasche untergebracht ist, hat sie immer noch Angst, sie könnte sie verlieren.

Sie setzt sich an einen Tisch, legt die Gebärmutter neben sich auf die Bank und ordert eine Riesenportion Cheerios. Die Kellnerin notiert die Bestellung und schaut die Gebärmutter lange an. Die Falten um ihren Mund und ihre Nase scheinen einen Augenblick lang zu verschwinden, dann lächelt sie mit leuchtenden Augen.

»Das ist doch nicht etwa…?« flüstert sie Rita zu.

Rita breitet schützend ihre Hand über die Gebärmutter und erwidert das Lächeln. Sie legt einen Finger auf die Lippen und zwinkert der Kellnerin verschwörerisch zu. Die Frau geht zur Theke und kommt mit Ritas Cheerios zurück. Sie stellt die Schüssel auf den Tisch und drückt Rita die Hand.

»Nachdem Sie Ihre Gebärmutter verloren hatten«, sagt die Kellnerin mit Tränen in den Augen, »hat sich mein Leben völlig verändert.«

Rita bedankt sich für die Cheerios und tätschelt ihr die Hand. Sie ist froh, daß es Frauen wie diese Kellnerin gibt, mit deren Hilfe sie unerkannt bleibt, die Ritas Gebärmutter mit Stolz betrachten und keinen Versuch machen, aus ihrer Entdeckung Kapital zu schlagen. Wenn Männer in der Nähe sind, versteckt sie die Gebärmutter in ihrem BH oder in einer Rolle Toilettenpapier. Doch in weiblicher Gesellschaft kann sie sich entspannen und die Gebärmutter ein wenig Luft schnappen lassen. Nach so vielen Monaten draußen in der Kälte, findet Rita, hat die Gebärmutter ein bißchen Freiheit verdient.

Rita will an Adele schreiben und zieht einen Kugelschreiber und eine Postkarte aus der Tasche. Nur eine kurze Nachricht, damit sie weiß, daß die Gebärmutter in Sicherheit ist, überlegt sie, ein kleines Zeichen ihres guten Willens. Kein Brief, der Nodderman in die Hände fallen kann. Während sie langsam ihr Cereal ißt, denkt sie an ihren ersten Auftritt in der *Nodderman Show*, an die schreckliche Hitze im Scheinwerferlicht. Die Milch kühlt ihre Kehle, die vom stundenlangen Fahren in der Sonne völlig ausgedörrt ist. *Liebe Adele*, beginnt sie mit zittriger Handschrift, die erst deutlicher wird, als ihr Hals nicht mehr so trocken ist.

Als ihre Schüssel leer ist, fragt die Kellnerin, ob sie Nachschub möchte. Rita senkt den Kopf und zählt das Geld, das sie noch in der Tasche hat. Die Gebärmutter liegt wohlbehütet neben ihr, die Sonne, die durch das Fenster scheint, taucht alles in ein farbiges Licht. In diesem Augenblick entdeckt sie ein schimmerndes weißes Haar auf ihrer roten Bluse. Das Haar ist dick und drahtig und kräuselt sich wie eine Drohung.

Lächelnd dreht sie sich zur Kellnerin um. »Nein, danke«, sagt sie.

Sie legt die Gebärmutter auf ihren Schoß und fährt mit den Fingern über die Einbuchtungen, die der Kies auf dem Parkplatz hinterlassen hat. In all den Monaten, die seit dem Beginn ihrer Reise verstrichen sind, hat die Gebärmutter sie von Nodderman abgelenkt, von seinen kalten blauen Augen und dem Mikrofon, das er ihr entgegenreckt. Von seiner plärrenden Titelmelodie und seinen leeren Versprechungen. Wenn sie die Gebärmutter nicht zurückbekommen hätte, würde sie vielleicht immer noch ihr altes Leben führen, ihre Füße in rote Pumps quetschen und das Haar in einem Knoten tragen. Die ganze Welt könnte auf dem Bildschirm verfolgen, wie leer ihr Leben wäre.

Langsam löffelt sie die letzten Reste ihres Cereals und unterschreibt die Karte mit großen Blockbuchstaben. Sie nimmt das Haar, hält es eine Minute lang in die Höhe und betrachtet es; es glitzert in der Sonne. Als sie das Haar über die Gebärmutter hält, ist es von einem Meer tanzender Farben umgeben. Selbst im Licht sieht es stumpf aus, der alte Silberschimmer ist zu einem matten Grau verblaßt. Es glänzt nicht halb so schön, wie sie es in Erinnerung hat. Sie hält das Haar zwischen den Fingern und lächelt in sich hinein, bevor sie tief Luft holt und es wegbläst.

Der Nummer-eins-Bestseller aus England

Ben Elton
Popcorn

Roman · Titelnummer 54018

Regisseur Bruce Delamitri produziert Kultfilme der
knallharten Sorte, die umstritten, aber höchst erfolgreich sind. So erfolgreich, daß er für sein jüngstes
Werk sogar mit dem Oscar geehrt wird. Doch ausge-
rechnet in der Nacht seines größten Triumphes
erhält Delamitri Besuch von einem Pärchen, das ihm
zeigt, wie aus scheinbar harmlosen Leinwand-
phantasien beängstigende Wirklichkeit werden
kann…

»Ben Elton ist unschlagbar.«
Cosmopolitan

»Ein brillantes Stück Literatur. Mit Sicherheit das
Beste, was Sie dieses Jahr zu lesen bekommen.«
Evening Standard

»SPIEL DES JAHRES 1994«

Wer behält im Großstadtdschungel von Manhattan
einen kühlen Kopf, wenn es darum geht, die Skyline
von sechs Metropolen neu zu gestalten?
Eine imposante Kulisse aufzubauen ist allerdings nur die eine Seite.
Denn wichtig ist es auch, dick im Geschäft zu sein
und die punkteträchtigsten Wolkenkratzer zu erobern.

HANS IM GLÜCK VERLAG, MÜNCHEN